한실문예창작 동인지 제16집

그리움의 향기

그리움의 향기

1판 1쇄 : 인쇄 2021년 07월 02일
1판 1쇄 : 발행 2021년 07월 05일

지은이 : 한실문예창작
펴낸이 : 서동영
펴낸곳 : 서영출판사

출판등록 : 2010년 11월 26일 제 (25100-2010-000011호)
주소 : 서울특별시 마포구 월드컵로 31길 62
전화 : 02-338-0117 팩스 : 02-338-7160
이메일 : sdy5608@hanmail.net

그   림 : 박덕은
디자인 : 이원경

ⓒ2021한실문예창작 seo young printed in seoul korea
ISBN978-89-97180-98-1 04810
ISBN 978-89-97180-00-4(set)

그리움의 향기

한실문예창작 동인지 제16집

2021·서영

머리말

한실문예창작 문학반은 1989년 1월에 전라남도청 뒤 조그
만 다락방에서 시작되었다. 2021년 7월 현재 31년째가 되었다.

그동안 한실문예창작은 오프라인 문학회인 한꿈 문학회와
온라인 문학회로 바로 문학회와 꽃스런 문학회 등 11개 문학회
로 성장하였다.

오프라인 문학회인 한꿈 문학회는 부드런 문학회, 향그런 문
학회, 탐스런 문학회, 푸르른 문학회, 둥그런 문학회, 싱그런 문
학회, 온스런 문학회, 포시런 문학회, 예스런 문학회 등이 소속
되어 있고, 온라인 문학회는 카페 한실문예창작에서 활동하는
바로 문학회와 아프리카TV "낭만대통령의 문학토크"에서 문장
훈련을 하고 있는 꽃스런 문학회로 나눠져 있다.

이들 문학회를 통하여 지금까지 총 460여 명의 작가를 배출
했고, 전국구 문학상 900여 개를 수상했다.

아름다운 열매를 맺어준 우리 한실문예창작 여러 문학회의
문우들에게 이 시간 감사드리고, 행복과 기쁨과 낭만을 함께하
고 싶다.

이 한실문예창작 문학 동아리가 언제까지 이어질지 아무도
모른다. 하지만, 함께하는 동안 서로 즐겁게 서로 정성 다해 가

꿔 갈 것이다.

그러기 위해서는 우선 우리가 건강해야 한다. 그리고 문학 창작에 대한 열정과 정성이 한결같아야 할 것이다.

부디 우리 모두가 살아가면서 알뜰히 창작하고, 이를 책으로 발간하는 향긋한 삶을 지속해 나갔으면 좋겠다.

서로 격려해 주고, 서로 이끌어 주고, 서로 감싸 주면서, 이 멋진 작가의 길을 함께 걸어가기를 소망한다.

- 한실문예창작 지도 교수(문학박사, 전전남대 교수)

낭만대통령 박덕은 작가

박덕은 전국 백일장 개최

일시: 2019년 10월 5일(토)
장소:박덕은 예술관(전북 정읍시)

제1지부 부드런 문학회

제2지부 향그런 문학회

제3지부 푸르른 문학회

제4지부 탐스런 문학회

제5지부 온스런 문학회

제6지부 포시런 문학회

제7지부 싱그런 문학회

제8지부 둥그런 문학회

한실문예창작
회원

강덕순

강만순

강병원

강현숙

강현옥

고명순

김경수

김명선

김방순

김봉숙

김부배

김송월

김숙희

김영례

김영순

김영자

김용주

김이향

김전자

김창용

김해숙

김현태

김희란

노연희

명금자

박봉은

박상은

박지영

배종숙

서동영

서애숙

서은옥

서정필

서희정

소정선

소정희

손영란

양은정

양종숙

유양업

윤경자

윤성택

이강례

이명사

이명순

이병현

이수진

이양자

이영

이완소

이은정

이인환

이향숙

이혜진

임순이

임영희

장순익

장헌권

전숙경

정달성

정명자

정순애

정옥남

정이성

정주이

조규칠

조정일

최기숙

최세환

최승벽

최형배

황길신

황애라

차 례

그리움의 향기

1부·박덕은 시인을 기리며

낭만대통령 문학토크 5주년 기념

- 강덕순

순간 순간이 하루가 되고
하루 하루가 한 달이 되고
한 달 한 달이 일 년이 되듯이

박덕은 교수님을 만난 지도
벌써 몇 년이 되었다

때로는 지도 교수로
어떤 때는 친한 친구처럼
허물없이 대해 주고

5년이란 세월 동안
결방 한 번 없이
1335회 방송을 해주신
교수님

감사합니다
항상 웃음 주시니

한 편의 시가 탄생될 때면
통장에 저축하는 재미

너무 좋아요

교수님
더 이상 늙지도 말고 이대로
쭈욱 계속해서 가시길 바랍니다
제2의 인생의 동반자로.

한실문예창작 시창작 교실 나무

- 강만순

나무 그늘 아래
문 열고 들어서자
안개가 걷히기 시작했다

긴 겨울 거칠어진 등허리에
햇순이 돋아나고
생채기 난 자욱들을
봄처럼 토닥여 주었다

중턱에 다다르니
무심히 지나치던 초록잎들이
손 흔들어 주었다

감성 파도는
봄바람 업고
서서히 일렁였다

아카시아 꽃향기
싱그러운 꽃길

퐁퐁 솟는 얘기

목 축이던 옹달샘

각시풀 꺾어 놀던
소꿉놀이 해맑은 길

둥둥 고갯마루에
흰구름 그려 놓고

동심의 바다 위에
반짝이는 물결처럼 펼쳐질
시어들의 파도
그 길 위에 서 있다.

낭만대통령 찬가

- 강병원

이른 봄 기경하여 씨앗 뿌리며
한평생 일궈 온 문학의 너른 평야
봄꽃 천지 가득 만발한 새봄부터
매서운 눈보라 휘몰아치는 겨울까지
여러 동네 식구들 한자리 불러모아
삶을 노래하고 낭만을 노래하는
한실문예창작, 나라의 경사여라

문학토크 문학박사 박덕은TV로
제자 사랑 온 국민 시인화 꿈꾸며
힘찬 채찍질 잠자는 시심 깨우고
붓끝 닿는 곳마다 명작 쏟아져
마음의 눈 화폭에 담는 예술혼
서양화를 문학에 접목시킨 쾌거여라

꺼질 줄 모르고 불타오르는 열정
불철주야 부지런함으로 건강 지키고
수많은 저서와 교수 명성 내려놓고
수더분한 친근감으로 서민과 동고동락
고희 맞아 날로 젊어지는 칠십 장년
문우들의 희망이요, 만인의 횃불
찬연히 빛나는 낭만대통령이어라.

박덕은 교수님 수업 시간

둥그렇게 마주앉은 기다란 탁자 위에
저마다 준비해 온 작품들을 주고받으면
뷔페식 접시에 한가득 쌓아 올려진다

봄비, 천리향, 전단지, 아버지, 할머니방 등등
가슴에 고이 간직한 소중한 그 무엇들
하얀 종이 위에 길어올린 이야기 행렬
같이 한 가지씩 음미해 본다

느낌이 어떤가요
그는 글의 맛을 묻는다
시식 후 비방하지 않는 격려의 메시지는
수줍게 내놓은 마음의 수전증을
멈추게 해준다

한 구절씩 읽어갈 때
불필요한 덧니는 톡 빼내 버린다
시어들 사이에 바람이 통해
서로 부딪히지 않고 자연스레 자리잡아 간다

이번엔 알록달록 장문의 긴 머리

싹뚝 잘라 버린다
예상치 못한 헤어스타일에 마음 추스리며
잘려나간 머리카락에 애도하는 시간

간결함은
의미의 본질을 살려 주기 위한 가위질
이렇게 가다듬어진 시어들 속에
비로소 감성의 숨골이 터진다

재료를 막 손질한 봄나물을
구수한 된장에 쪼물쪼물
쌉싸름한 맛도 나고
보고픈 누군가를 찾아가
다하지 못한 이야기 속에
꽃 한 송이도 피워내고
부모님 그리워하는 글 속으로 함께 들어가
고향집 봉선화 핀 마당도 밟아 보고
속마음을 부드럽게 만져 주는 글도
만나 보니 참 좋다

그렇게 준비해 온
서로의 온기 있는 도시락을
함께 나누어 먹는 시간이 설레고 재미있다

튀어나온 이 교정도
머리카락이 얼마만큼 베일지 모르지만
누워 있는 시어들이
시로 일으켜 세워지는 걸 배운다는 건
흥미 있고도 신기한 일이다

박덕은 교수님,
일상에서 경험하는 이야기를
감성 통해 시 짓고 뜸들일 수 있도록
일러 주고 가르쳐 주셔서 감사합니다.

박덕은

- 고명순

꿈꾸던 서른 살에
예쁜 시집 속 미소로 만나
멋진 꿈 하나 더 얹어 준
그 이름

높은 산 넘어와
길고 긴 광야길 걸으며
발등 부르튼 채
셀 수조차 없는
수많은 제자들 건져내어
길을 만들어 준
그 이름

그 앞에 다가갈 때마다
제자들의 어리석음
반짝이는 별빛으로 불러 주고
세상에서 묻혀 온 땟국물까지도
깨끗이 닦아
영혼 울리는 시꽃 피워 주는
그 이름

엄마처럼 늘 다독여 주며
요리로 행복을 구워내고
목마름 달래 주는
불가능 없는
그 이름

언제 새끼들 키우고
언제 그림 그리고
언제 보리빵 만들고
언제 저서 125권 집필하고
언제 아프리카TV 방송하고
언제 전국 가로질러 가르치고
언제 잠은 주무시는지
언제 외계인과 교신까지 하는지

도무지
인간이 이해할 수 없는
신 같은 그 이름
박덕은.

박덕은 은사님 회갑일

여름 찰랑대는 단비의 숨소리가
섬돌 아래 톰방거려 귓문 두드리고
진종일 솥뚜껑 여닫으며 상 위에 쟁쟁이네

입맛 주무르는 성찬이
한 무리씩 소담스레 앉아 있고
무지갯빛 떡시루엔
예순의 불꽃이 시심으로 타오르네

축포에 취해 비틀거리는 오르간은
어깨춤 덩실거리다가
빗방울도 막걸리도 미역국도
눈에서 눈으로 여울 흐르듯
마음 그릇마다 뭉긋이 사랑 적시우네

가슴 부빈 촉촉한 정 깨꽃처럼 피어나고
시의 무늬와 향기로 보듬는 별장의 밤
뭉쳐 놀던 장대비도 기웃기웃
모두를 버무려 새록새록 추억으로 새기네.

박덕은, 나의 스승님

당신은
비좁고 음산한 골목길에
흩어지는 나뭇잎 속에서도
삶의 가치를 발견하는
그런 눈을 뜨게 해주셨습니다

당신은
길을 잃고 기진하여
삶의 의미 잃어 가는 이들에게
목자가 되어 주셨습니다

당신은
삶의 무상함에
저항할 수 있는 별들을
마음속에 심어 주었고
동경의 세계까지 열어 주셨습니다.

시인 박덕은

구름과 구름 위에 하늘 있어
그 푸른 하늘에 담기고 싶다

계절 머리맡에 빈 엽서 있어
그 하얀 여백에 잠들고 싶다

섬과 섬 사이에 바다 있어
그 쪽빛 얼굴에 꿈 맞추고 싶다

살구꽃 마을에 동심 있어
그 앳된 몸짓의 시인이 되고 싶다.

꿈을 그리는 화가 박덕은

- 김명선

조용한 골짜기에
그 남자의 집이 있습니다

적막한 그 집 방안엔
온통 유화 그림으로 가득차
노을이 지나갈 때마다
혼자만의 세상에서
사계절 내내 회오리바람 타고
들어갔다 나왔다 하며
계절도 잊은 채 살아갑니다

커튼은 매일 다른 무늬로
가랑잎처럼 팔랑거립니다

어느 화창한 봄날
창틀 옆으로 휘늘어진 개나리가
그 화실을 들여다보기도 하지요

희석된 추억들이 혼합되어 번지면
숲이 되고 꽃이 되는
창밖 어린 불빛 사이로 은가루 뿌리듯

쏟아지는 생각들이 채색되어
점점 깊어지는 밤
그 남자는 여전히 별 그림자를 그려요

그리다 그리다 못다 그린
무수한 별들을
오늘도 그리고 있어요.

지도 교수 박덕은 찬가

- 김방순

구성진 목소리로 맞이하는 눈빛 속에
눈높이 맞추어서 교감하는 다정함이
날마다 예술의 혼불 생명의 꽃 피워낸다

무엇이 교수님을 향하여 오게 할까
서투른 감성조차 매끈한 다듬질로
향기로 새겨져 가는 숨겨진 마술의 힘

마음이 쉬어 가는 자리에 감성의 꽃
뜨거운 열정 속에 눈부신 창작 샘터
신비한 마음의 소리 기쁨으로 흐른다.

박덕은 문학관

겨울빛 가슴 안에 촉촉이 물들이고
웃음이 구름 타고 향긋이 미소 짓네
언제나 평화로운 곳 아롱아롱 노니네

예술혼 한데 모여 마음도 황홀해져
시향에 젖어 젖어 설렘도 깃들여져
보았네 애틋함의 꽃 아름다이 화알짝

환희에 남실남실 깊숙이 빠져드니
아련히 들려오네 영혼은 기쁨 안고
오늘도 영광스런 빛 널리 펴네 찬란히.

박덕은 교수님

- 김송월

구구한 세월 속에 의미를 새겨넣어
어울려 학습하니 만인이 뜻깊어라
속 깊은 지혜의 산물 배움으로 빛난다

아무나 할 수 없는 섬세한 보살핌이
끝없는 감동으로 유유히 흘러 흘러
신비한 보석을 캐듯 차곡차곡 영근다

스승의 고진감래 더불어 상생하니
고행길 붉은 욕망 고결한 조력자로
심오한 열정적 정서 마음으로 품는다

거룩한 고목이여 소탈한 사랑이여
한 날도 쉬지 않고 의로움 감아도니
뉘라서 깊은 속마음 헤아리지 못할까

사색의 문학 산책 가는 길 쉽지 않아
잡다한 용어들의 쉼 없는 수레바퀴
황홀한 내면의 문장 일취월장 꿈꾼다

한평생 외길 인생 시인의 인품으로
헤아림 부족함도 찰나의 불꽃으로
세상 속 머물게 하는 지성인의 표본실.

나의 스승 박덕은

- 김숙희

이 세상을 다시 보고
다시 느끼기 위해 불러낸 정서
그 위에 의미 새겨 푸른 꿈집 짓는
님이여

온통 긍정의 시향 스민 여유로움
삶을 더욱 충실할 수 있게
그 모든 존재와 가치 되살리는
님이여

시공을 초월한 해학의 힘으로
무심히 지나치는 마음 움직여
언어의 마술 속으로
퐁당 빠져들게 하는
님이여

자연에서 불어오는
리듬의 화폭 켜켜이 물들인 문학 동산
그득히 문운으로 벙글게 하는
님이여

제자 사랑 끊임없어 칭찬으로 어르고
풍요로운 서정으로 친구 되고
깡마른 시심도 정들어 보고 싶게 만드는
님이여

잠든 감성 일깨워
한 땀 한 땀 열강하여 채색된
색색의 메아리 송이 송이
삶의 환희로 교감케 하는
님이여

움트는 새싹처럼 설렘 물들여
문우들에게 선보인 기쁨
그 사랑 헤아릴 수 없음을 깨닫게 한
님이여

기립 자세 인내로 쉼 없이 평생을 꾸리며
올곧게 품어낸 그리움의 전설 속에
감동의 동기를 반짝반짝 부여하는
님이여

때때로
웃을 수 있다는 걸
즐길 수 있다는 걸

사랑할 수 있다는 걸
그리고 울 수도 있고
슬퍼할 수도 있다는 걸
황홀한 낭만으로 보살피게 해주는
님이여.

박덕은 교수님

- 김영례

박식한 두뇌
문우님들 행복으로 이끄시네
덕담으로 앉은 자리
웃음꽃 만발하며
은은한 향기로 온 세상 퍼져 가네
교만의 옷 벗고 낮고 낮아져
수많은 문학 작품으로 수상하며
문우들의 사랑에 둘러싸여
님의 땀방울이 별빛 되어 반짝이네.

축 생신 박덕은 교수님

축복의 하늘 선물 사르르 사랑 담고
생기와 진실 투지 격조의 풍토 위에
신명난 시창작 교정 계절 따라 꽃핀다

박식한 신출귀몰 만난 자 복이 있다
덕 있고 부드러운 문우들 룰루랄라
은혜와 평강의 보물 한실문예 창작왕

교육은 어둠 밝혀 영원한 빛이 되리
수없이 성장하는 푸르른 문학 열매
님이여 낭만대통령 시심 나라 달관자.

아프리카TV 박덕은 문학토크 5주년

- 김영자

시심의 텃밭 위에 낭만꽃 웃음 가득
달큰함 이끌림에 벌나비 춤을 춘다
찰나에 피어나는 꽃 무릉도원 여긴가

영산홍 물든 밤에 속적삼 부여잡고
가슴속 달빛마저 울림의 전율꽃에
뽑아낸 천년의 향기 잠 못 드는 불새여

오소서 꿈길 타고 흥건히 만나지고
신비한 시꽃 송이 영롱한 구슬 꿰어
죽어도 아니 죽는 넋 싱그런 시 되리라.

나의 스승 박덕은

언어 마술사
낭만 대통령

꿈꽃 피우는
박사 중에 박사

덕스런 아름다움
그 높은 곳에 앉아

산속의 풀꽃처럼
은은한 향기 내뿜어

온갖 시심의
생명 살리네.

박덕은 창작 마당

- 김정옥

박사님이시데
덕도 많으신가 봐
은사님은 아니지만
창조적이고
작품도 멋지게
마, 그 교수님
당최 몇 사람의 제자를 배출시키는지
참 대단하신 분 같아요.

한실문예창작

지나치다
호기심에 보았어요

보다가
지켜보게 되었어요

지켜보다
좋아하게 되었어요

좋아하다
가슴 떨게 되었어요

가슴 떨다
훔쳐보게 되었어요

훔쳐보다
가슴앓이 시작했어요

가슴앓다
사랑하게 되었어요.

축하 한마당

- 김해숙

영근 햇살처럼
꿈 실은 다섯 해

품격 살아 숨쉬는
세월의 질곡

웃고 우는
치유의 시간들

시인들은
애간장 탄다

사소한 일상
어느 봄날의 추억

어느덧
희망의 빛 되다.

낭만대통령 박덕은

- 김현태

투박한 뚝배기에 구수한 시어 섞어
수많은 밤을 지새 깎아서 다듬으니
알알이 영글어 가는 시인의 길 찾는다

채워진 빗장 열어 끝없는 사랑 채워
살갑게 껴안으며 목마름 찾아 주는
그 열정 활활 타올라 별빛마냥 빛난다.

큰 나무 박덕은 교수님

- 김희란

박속 하얀 미소
아낌없이 내어 주는 그늘
고희 맞는 청년이
시향길 곧게 걸어
진달래꽃으로 환히 피어납니다

시간의 화폭에
하늘빛 시심 펼친
언어의 마법사

막걸리 한 사발 들이키는 달빛에
허허허 호탕한 낭만대통령
바람 불면 흔들려 주고
폭우에도 뿌리깊어
토닥토닥 거친 물살 달래 줍니다

힘들어도 내색하지 않는 뚝심으로
주린 시심 채워 주는
구수한 보리빵 닮은 당신

사색빛 가득한 그 눈동자에

출렁이는 고운 심성
진흙 속에서도 옥석 찾아내
쉼 없이 갈고 닦습니다

당신이 남긴 시와 그림
그리고 책들의 하모니
서른 번의 봄을 잉태한
문학의 산실 한실문예창작

당신이 뿌린 씨앗들이 발아해
오늘날 이렇게
이 세상을
따스하게 채우고 있습니다.

낭만대통령 박덕은 교수

- 노연희

깊은 밤 시문 열면 투명한 울림으로
도르르 굴러오는 목소리 반짝 반짝
낭만은 텅 빈 가슴속 첫눈처럼 내려요

한 줄기 시가 되어 우리가 토해내는
문학의 외딴 계절 하얗게 피어나고
절절한 축복의 미소 내면에서 열려요

오늘도 고운 열정 키우는 나무 되어
가슴에 맺혀 있는 응어리 녹여 줘요
당신은 학처럼 곱게 하늘 위로 날아요.

나의 스승 낭만대통령 박덕은

- 명금자

내 마음속
영원한 대통령
내 가슴속
영원한 스승님

말이 시가 되고
시가 말이 되고
속 깊이 담아 두었던 시어가
고삐 풀린 망아지처럼
술술 풀려 나오는 당신은
영원한 예술인

강약 조절하며
시어에 절며 절며
교정 지도할 때
우리의 가슴은
18세 갓 피어난 청춘이 되게 하기도 하고
세상의 끝자락에선
인생의 황혼기를 맛보게 하기도 하는
당신은 언어 마술사

일생을 후학들 가르치는
대학교수로
128권의 문학, 예술, 교양, 건강,
다이어트, 동화 등의 저서와
화가로서

퇴임 후에도
열정과 정열의 화신으로서

6년 동안 결방 없이
아프리카TV 문학토크 방송하고
영원한 청년으로 낭만을 이어가는
이 시대의 영원한 로맨티스트 시인
낭만대통령.

낭만대통령의 문학 토크

- 문용배

오래전 닫아 두고
눈길도 주지 않았던
두텁게 먼지 쌓인
시의 문틈으로
가늘게 새어 나오는
시심의 빛줄기

그 빛줄기로
단어 만들어
문장으로 모아
시 한 수 지어 보지만
영 마음에 들지 않아

그럴 땐 무조건
가지고 가 봐야지
낭만대통령의 문학 토크로.

낭만대통령 문학 방송 5주년

-박상은

시간의 흐름 속에서
묻혀 가는 한 인생길
한 걸음 한 걸음 내디디는
길의 디딤돌

누구나 가슴에 담아 두며
음미하고 따르는 마음결
차곡 차곡 쌓이는 정 깊어만 간다

해가 서산에 넘어가는 길목
서로 시선 맞추며
한 줄의 시어 다듬어 가며 설렌다

쉼 없고 빠짐 없는
다년의 지속적인 흐름
뒷바퀴가 앞바퀴 따라가듯
놓치지 않기 위해 졸음도 쫓는다

가끔은 꾸벅 졸다가도
도적질하다 들킨 것처럼 깜짝 놀라
귀 쫑긋 화면을 주시하면

눈물 흐르게 하는 시심
가슴 울컥하게 한다

낭송의 시간에는
눈 지그시 감고
가 버린 뒤안길 거닌다

그 끝은 어딜까
미지의 길 걷는 아름다움
사뿐히 걸어가기 위해 몸부림치며
채널 찾아 들어간다

움퍽질퍽한 목소리 들으며
배움 좇는 시심
오 주년을 맞는 오늘밤

한가닥 소원을 말하자면
무탈하게 이어지는 인연으로서
환한 미소 번지는 시간 가득차길

두 손 모아 기도하며
진심 담긴 사랑을 전한다.

낭만대통령 박덕은 교수

흐르는 눈물처럼
가슴속 고이 스며드는
부드러움

햇살 속 지푸라기 하나라도
어린애 달래듯
건져 올리는 약손

드높은 가을 위로
붉고도 노랗게 번지는
낭만 자락.

박덕은 아프리카TV 방송 5주년 기념

배움의 날개 접고 있을 무렵
우연히 詩作의 문 두드려
호기심 어린 눈망울로
부푼 꿈 안고 달려온 길

명쾌한 음악 자리 깔고 흘러가던 중
낭랑한 목소리의 주인공
잠들었던 시심 흔들어 깨워
눈과 귀 쫑긋 세우게 했다

한 편의 詩가 탄생되는
아름다운 설렘이 있는 그 자리
서로 대면할 수는 없지만
시심으로 마음과 마음이 하나되었다

격려의 댓글로 새 힘 얻어
한 발자국 한 발자국
힘겹게 걸어갈 때
부드러운 음성으로 다독이는 소리

세월의 흐름 아쉬워하듯

하나라도 더 깨우쳐 주고 싶은 열정
가슴에 가득 담아
제자의 마음 어르고 달래며 재촉했다

작품에 담긴 사연 하나 하나
맛깔스런 시심으로 더하고 씻어내니
은은히 흐르는 낭만의 향기
추억 속에 채워 그리움 찾아간다

몸에 배인 해학으로 열강할 때면
움츠렸던 시학의 문 열어
게걸스럽게 주워먹었다

5년의 긴 세월
결방 없이 쌓아 올린 정성
1335회 방송 통해 얻어낸
640여 개의 문학상 열매
그동안 건강 주신 하늘에 감사드리고
문학토크는 더욱 발전을 거듭하리라
확신한다.

낭만대통령 박덕은

- 서정미

까맣게 그을린 피부에
약간 촌스럽고 세련미 없는 모습
시골에서 농사짓고 사는
마음씨 좋고 착한 옆집 아저씨 같은 인상
교수라는 직업과 낭만과는
전혀 거리가 먼 듯 보이는 남자
세련미 없는 겉모습과는 달리
그가 그린 그림은
금방이라도 활짝 꽃피울 듯하다
나비가 날아와서
사뿐히 내려앉을 것 같다
풍부한 감성으로 쓴 시들은
시심을 불러일으키곤 한다
자칫 지루해질 수 있는 문학 수업인데
낭만토크에서 위트와 유머로
우리들을 웃게 만들어
재밌게 프로그램을 진행해 나간다
우리들은 시 한 편 써 보겠다고
몇 날 며칠 사색에 잠겨 글 쓰고
고치고 또 고친 끝에 보내 드린 글
낭만토크 시간에

두근두근 설레는 마음으로
내 차례를 기다리면서
문우들의 글을 감상한다
그렇지만
30년 동안 시를 써 온 그는
우리들이 보내 드린 글을
조금도 망설임 없이
곧바로 교정본으로 들어간다
시를 읽으면서 투박한 손으로
섬세하게 다듬어진 교정본
제아무리 글 잘 쓰는 문우라 할지라도
한치의 에누리 없이 교정본으로 재탄생된다
형편 없던 나의 원본도
멋진 작품으로 태어날 때는
기분 좋아
그에게 고맙고 감사한 마음이다
시를 사랑하고 그림을 좋아하며
낭만을 즐기는 멋진 남자
늘 그의 곁에는
시와 그림이 함께한다
많은 이들이 부러워하고 존경하는
진정한 예술을 사랑하는 남자
그가 바로
낭만대통령 박덕은 교수님.

시인이란 이름 박덕은

- 서희정

누가 그랬습니다
자신이 화가가 된 것은
화가란 별명을 붙여 준
선생님 덕분이라고

먼 훗날 우연처럼
누군가 내게 그런 질문을 한다면
저 또한 그렇게 대답할 수 있었으면 좋겠습니다

나무와 새의 속삭임 듣지 못하고
또르르 굴러떨어지는
물방울의 음률조차
읽지 못하는데
언감생심
맑고 투명한 옷 걸치게 된 건
순전히 그분 덕이라고

젖비린내 물씬 나는 시를 써 놓고
배 밖으로 튀어나온 간이
몇 번이나 부풀었다 쪼그라들었는지 모릅니다

지금도 여전히
시 같지 않는 시를 써서
시한테 미안한 날이 많습니다
부끄러워 차마 입을 수 없는 시인이란 그 옷
아직은 장롱 속 깊숙이 넣어 두렵니다

많은 세월이 흐르고 흘러
시가 꽃이 되고 별이 되고 바람이 되어
누군가의 마음을 물들이고
누군가의 길잡이가 되고
누군가의 땀방울 닦아 줄 수 있을 때
그때 가만히 꺼내 입고
조금은 또렷한 목소리로 말하겠습니다
내겐 아주 오랫동안
나를 시인이라 불러준 분이 있었다고.

민들레 홀씨처럼

- 손영란

노오란 영광으로 피어
알알이 깃털에 감싸인
씨앗
훈풍 따라
사방으로 내려앉는다

아름다운 시향에 젖어
피어난 꽃들은
훌륭한 지도 교수님의 노고와
시를 품은 제자들의
영원한 보물

시의 씨앗 뿌리는
낭만대통령 박덕은 교수님
늘 건강하시어
함께 시향에 젖어
살아가요.

박덕은 교수님

아프리카TV 방송으로
문학을 배우고 배워서
문학 행사 빛이 나네

전국 문인들에게
행복과 즐거움을
선사하여 주시는
낭만대통령

교수님의 샛별같이 빛나는
문학의 가르침에
문하생들이 전국에서 모여
아름다운 문화 이루어
밝은 세상 이루었네.

만능 스승 박덕은

- 유양업

순수한 열정 낭만대통령
따스한 온정 다 내어주고
심장의 불꽃 품어
해맑은 시심 끊임없는 숨결로 연이어
이상향 꿈 안고 오로지 한길 걷습니다

들꽃 향기 색감 풀은 형상화
그리움 쉼 없이 향긋함 그려 넣고
이젤 위에 농익은 예술혼 꽃망울
환상의 연민 온후한 이미지 나래 펴
화폭마다 정감 넘실 넘실

향토 나물 한켠에 스미는 연둣빛 모아
조물락거려 맛깔스런 손맛 매무새 추스르고
짜릿한 호기심 가득 뜨거운 정
알싸한 상차림 군침 감돌게 합니다

영혼을 울린 새벽 별 담아
125권 집필 그 집념 그 작품
꽃피워 날개 달고
아프리카TV 전파 타고 비상하여

전 세계 향해 한실문예창작 급물살 탑니다

너른 가슴 해학으로 시향 엮는 강의 시간
유머 감각 재치 있어 박장대소 깔깔대며
애절한 사연들 고즈넉이 일렁일렁
모여든 작품 매끄럽게 다듬어서
동그랗게 싱그러움 더해 줍니다

지칠 줄 모른 그 정열 활짝 펴
열일곱 문학반 일구어 내고
꿀향 묻은 그 꽃으로
600여 개 문학상 휩쓸어 와 미래를 달려가
달빛 별빛 타고
제자들 작품 100여 권 신비에 묶어
그 열매 둥실 둥실 흰구름 탑니다

이제
붉은 가을 노을빛에 영글어
달궈진 소망 새로운 장르 열정 보듬고
내장산 자락 단풍 휘감아 예술관 마련하고
'박덕은 전국 백일장' 큰 행사 열어
작품 잔치 축제 베풀어 놓았습니다.

한실문예창작 첫 만남과 결실

- 윤경자

이른 새벽
포시런문학회 향한
철마에 몸 담고 있는데
시 창작에 목마른 가슴은
설렘 타고 서둘러 날아가
고운 꿈나래 파닥거린다

어디선가 본 듯한
거성들의 친숙한 얼굴들
정감 넘치는 시의 여정
아름다운 사랑 노래
잔잔한 선율로 흐르고
찬사와 웃음꽃 만발한다

펜과 붓에 능숙한
시인 화백 낭만대통령의
열강과 번득이는 재치로
교정하고 낭송하는 사이
어느덧 감성 눈 뜨이고
찬란한 빛에 눈이 부시다

영혼의 소통과 격려
그 축복의 통로 따라
손잡아 이끌어 주니
시심의 시야가 훤히 열려
시상의 날개 펴고 날아오른다

문우들과 동행하며
주고받는 대화의 향기가
영원으로 통하는 길
오가는 눈빛 속에서
자신의 실존 체감하니
경이로운 섭리에 숙연해진다

아프리카tv 문학토크
해외 사역 중에도 1년 반 개근
그 결실로 신인문학상
시 부문 수상과 시인 등단
문인의 사명 감당하며
더 높이 훨훨 날으리.

박덕은 문학토크 5주년

- 이강례

아프리카TV 박덕은 문학토크
결방 없는 5년 축하 드립니다
저에게도 역시
물고기 물 만나 목마름 채워 주는
시 사랑의 샘물 같은 달콤함
문학의 둥지 같은 분
내 생애의 행운이었습니다

친구 따라가 만난 인연
몇 번 강의 듣고 공부하다 반해
"진즉 말해주지 왜 이제서야…"
늦게 온 것이 아쉬워
원망하기도 했습니다
중앙일보, 새한일보, 전남일보 등

신춘문예 5관왕 그 명성
세상 만방에 알리고 싶었습니다

시, 시조, 소설, 문학평론, 미술까지
혜성 같은 종합 예술인 박덕은!
세상에나

이러고 있을 분이 아니신데
미처 입을 다물지 못했습니다
밤 10시 문학토크 시간
잔잔한 별밤에 흐르는 시 낭송
감미로운 음률 시 사랑의 세포를 깨우는
무한 감성으로 가슴을 설레게 합니다

봄 가을 사랑의 문학 강의는
위트와 재치와 해학으로
엉성히 발 벌리고 몸으로 보여 주는 제스처는
어느 누구도 흉내낼 수 없는
단 한 분만의 명강의였습니다
제자들은 전국구 문학상을 휩쓸고
편견 없이 대해 주셔도
도움 드리지 못한 죄송함에
자꾸 도망가려고도 했는데
밤새 잠 설치며 써 간 시 한 편 내놓고
얼굴 붉힐 때 곱게도 다듬어 주시는
위로자요 해결사였습니다

이러다 훌쩍
어디론가 떠나 버리면 어쩌나
가장 짧은 인연 속에
이렇게 나를 아예 묶어 놓았습니다

교수님 부디 건강하시어
아프리카TV 문학토크 10년 20년
별밤 빛내 주세요
부족하지만 묵묵히 따르겠습니다.

나의 스승님 박덕은

- 이명사

한두 시간 수업 받고
이분이다
망설임 없이 함께하게 된
문학 공부

어디 가서 무얼 한들
이렇게 재미있고
유익한 시간
보낼 수 있을까

머리 싸매고 쓴 글
영 마음에 차지 않아 부끄러워도
어여삐 보시고
흔쾌히 예쁜 글로
지도해 줄 거라는 미더움에
용기를 내 본다

열정과 정열
유머와 해학이 넘치는 강의
해박한 지식
무한한 능력의 소유자

때론 가슴 미어지게
때론 배꼽 쥐게 하는
언어 마술사

졸기 선수인 나를
한 번도 놓아 주지 않고
눈망울 반짝이게 하는 분

항상
마음 따스하게
설레게 하는 문학 공부

낭만대통령 박덕은 교수님과
동행할 수 있게 인도하신
하늘의 인연에 감사드린다.

박덕은 교수

단상에 서서
왼손은 책의 사색 붙잡고
강의하며
글 쓰며
그림 그려온 삶의 무게
곱씹어 보내면서

문하생을 씨실 날실로 엮어
비단으로 쓰담고
가시 같은 세월을 생의 뒤편에 묻어 두고
알알이 익어 가며 성장해 나가는 그 모습

기다리며 애끓던 가슴속
방긋방긋 꽃으로 피어나
둥그렇게 열매로 승화될 때

바쳐 온 열정의 가슴
설렌 감동으로 젖은 눈빛
남은 인생길에
아름드리 숲길만 걸어가길 기원합니다.

인간 박덕은

- 이명희

사막에서 연꽃을 피우고
아스팔트에서 해초를 기르는
그래서 함부로
아무도 흉내낼 수 없는
신비로운 거름손

검푸른 영혼의 심연까지
송곳처럼 파고들어
잠든 재능의 실마리
기어이 끄집어내는
끈질긴 추적자

아무도 알아들을 수 없는
자신만의 외계어로
수시로
우주의 방언을 즐기는
희한한 이방인

주름 많은 얼굴로
모노드라마 연출하여
시종 울고 웃기는

천진난만한 개그맨

가진 것 다 내주고
입은 옷 다 벗어 주고도
여전히 더 줘야 하는
한 많은 벌거숭이

모진 세월에
구멍 뚫린 가슴으로
허허로이
모난 세상 흘려보내는
뜨거운 달관자

사랑에 찢기고
사랑에 멍들어도
한사코
사랑 주위에서만 서성이는
정열적인 불나방

물질도 버리고
인연도 버리고
리듬 따라 낭만 따라
끝없이 먼 길 떠나는
철부지 유랑자.

박덕은 문학관

연둣빛 가슴들
귓문 열고
불꽃 같은 열정
송골송골 맺히는 날

낭만대통령의
열강 시간
한 올이라도 놓칠까
차곡차곡 마음에 채운다

향긋함 스며들어
유머스런 몸짓
구수한 재치로
웃음꽃 피우고

잡아당긴 듯
빠져 버리고만 시심밭
감동의 향기
무럭무럭 익어간다.

낭만대통령 박덕은 스승님

황량한 벌판에 우뚝 선 거목 한 그루
외로움과 고달픔이 만들어 낸 주름에는
유머와 웃음으로 덮어 둔 시간들이
어느새 고희 맞이하고 서 있다

무심코 지나쳐 버리는 작품 속에
님의 간절함이 고스란히 담겨 있고
그 화폭에 쏟아내던 수많은 인내가
노을녘 갤러리마다 빛나고 있다

하얗게 펼쳐진 꿈, 벌, 나비, 새 되어
작품마다 훨훨 날며 목마름 채워 주고
자유로운 영혼 갈망하는 가슴속 이야기
여린 잎 무성히 키우려 깊숙이 파묻는다

어느 누가 그 마음 알아주겠는가
한 그루 한 그루 열매 맺게 하려는 열정
그 깊은 마음에 쌓여 가는 건 외로움
화려한 색채를 화폭에 소롯이 담아낸다

고목에 꽃 피우듯 빚어낸 작품들

금자탑 쌓아 가는 황혼길
어느 누가 상상이나 했으리오
활활 타오르는 붓끝의 열정
문학과 어우려져 갤러리에 걸린다

너털웃음 속 숨겨 놓은 참뜻
그림 속에 품은 크나큰 꿈
색채가 말하는 그 우주의 으뜸
미술계 문학계 큰 별로 남으소서.

스승 박덕은 교수님

- 이양자

익살스런 농담과
억제되지 않는 열정
부드럽게 때론 까칠하게
활발하고도 에너지 넘치게
제자들의 마음을 뒤흔들어
늘 영감을 준다

이미 세상에 내놓은
작품집과 저서
현실에 얽매이지 않고
해박한 지식과
삶의 정열 그대로 녹여
화려한 색채로
쉼과 회복 누리는
세밀한 관찰로 새로움을 준다

좋은 스승은 친구와 같고
평범한 아저씨 같아서
지칠 줄 모르는 유머로
특색 있는 작품 세계로 유인하여
제자 마음을 몽땅 사로잡곤 하는

매력 만점의 스승

존중의 마음을 높이고
제자 사랑이 거름 되어
감동과 울림이 있는
울창한 문예의 숲
앞으로 함께할 날을
기대하게 하고 기쁨과 보람을 준다.

박덕은 교수님

가슴 울리는
시 한 편에
끌리듯 찾아간 곳

그곳에는
정겹고 소박한 유머와 해학으로
가슴 설레게 하고
이방의 언어로 웃음꽃 피우는
자유로운 영혼의 소유자
당신이 있었습니다

어느 날은
무대 위의 배우가 되어
울고 웃기고

때로는
낭랑한 시 낭송과
불꽃 같은 그림
그 열정에 흠뻑 젖어들게 했습니다

서투른 글도

매끄럽게 다듬어
보석이 되게 하고

흔들릴 때마다
격려로 발길 머물게 하며
잊어 버린 시심도 찾게 해주고

가끔 투정해도
허허로이
웃어 주며 토닥토닥
너그러움으로 감싸 주었습니다

이 봄 찬란한 계절에
보랏빛 라일락같이
향기 가득 축원합니다.

거목
[박덕은 미술관과 박덕은 문학관 개관을 축하하며]

- 이인환

꿈동산 내린 축복 어떻게 측량하랴
감동의 수채화길 그 향기 따라 걸으면
예술혼 피운 열정꽃 골골마다 서리네

산자락 품에 안겨 밤에도 지지 않을
순수로 빚은 햇살 푸르게 비추이고
드높이 힘찬 종소리 굽이 굽이 울리네

오늘도 빛난 문화 온누리 퍼져 간들
품어줄 사랑 손길 어디서 찾을 건가
큰 나무 둥지 만들어 감성 꽃길 펼치네.

내 문학의 스승님 박덕은 교수

- 이향숙

자신의 존재를
뽐내지 않으시며
인생의 진실을
간접적으로 알려 주고자
하신 분

"문학을 사랑하는 일은
행복한 일이다"
어언 오십 년을 걸어온
문학의 거장

힘들고 괴로운 날도
적지 않았으련만
외로운 들꽃처럼
묵묵히 삭여온 생

넉넉한 유머는
많은 이들의
행복 전도사

문학토크 결방 없이 다섯 해

톡톡 튀는 멜로디와
상대방을 배려한
대화의 기법이
아프리카TV의 꽃

시가
사람을 가장 사람답게 만드는
학문이란 걸
깨우쳐 주신 분

고맙습니다
찬란한 교수님의 생애

곱게 곱게
물들어 가시기를
기원 드립니다.

박덕은 교수님

낭랑한 목소리로 열정 가득
오늘도 문학꽃 피우는 걸음에
웃음이 넘실넘실
한실문예창작 자랑 되어
오래 오래 빛 되소서.

96

박덕은 시인

자존감 온몸에 두르고
거칠 것 없는 낭만으로
외로움 달래며

뼛속까지 파고든 그리움
늘푸른 시심으로
퍼 올리며

선량한 눈빛들
벨벳처럼 부드럽게
꼭 껴안으며

엇박자 몸짓은
내면에서 터져 나오는
순수의 메아리로 바로잡으며

거친 음률은
매끄러운 생기 불러
다듬어 주며

가을처럼 섬세한 감성으로

그림 그리듯 살아가는
영원한 자유인

두터운 영혼 훌훌 벗고
향긋한 노래 부르며
사랑의 성지 향해 걸어가고 있다.

박덕은 교수

- 이후남

시린 옆구리
시향으로
다독이며
큰 나무가 되었네

무성히 펼쳐 놓은
가지에
철없는
비가 내려도

저민 가슴
내어 주고
말없이 말없이
흘러가라 하네

맘 둘 곳 없는
회한의 눈물
하얗게 하얗게
야위어가도

바보 같은

미련
뚝뚝
떨군 채

싹 틔워
다가오는 시심
어쩌지 못해
뜨겁게 끌어안으며

바람 부는
언덕길
묵묵히
지키고 서 있네.

낭만대통령 박덕은 아프리카TV 5주년

낭창 낭창
저며 오는 음율
어둔 밤 은하 되어 흐르고

노을에 물든 마음
낭만으로
한가득 채워 가며

시린 가슴
혼신 다한 뜨거운 열강으로
토해낸 당신

그 어디에도 찾아볼 수 없는
문학 토크
온누리에 깊이 뿌리내리고

무거운 짐 홀로 짊어진 채
살가운 미소로
삭아 내린 그리움

시심의 발자취 밟으며

꿈틀대는 숨결들
시심에 젖어들어

세월의 깊이만큼
쉼 없이
알알이 영글어 간다.

낭만대통령 박덕은 목소리

- 장순익

늘 방송 시작은
경쾌한 음악이 흐르고
청아한 목소리가
문학토크 시간을 좌지우지한다

목소리에 빠져
허우적대기 일쑤다

깊고 맑은 호수에 목욕한 듯
개운해진 머리
맑게 해주는 진통제와 같은
시간들

모이고 모여
긴 여정 끝에
6주년이란 세월이 흘렀다

이가 빠진 글도
교정이란 기계에 넣었다 빼면
옥구슬 구르듯
하나 하나 짜맞춰진다

시심의 뿌리가 있고
뿌리깊은
낭만대통령 박덕은 목소리

바람에 아니 흔들리며
문학토크 시간 문 여는 소리에
꽃이 피고 열매 맺고 알알이 영근다

낭만대통령 목소리와
일품 중의 명품인 엉덩이 춤까지
아프리카 TV를 통하여
세계로 두 팔 벌려 뻗어 나가길
늘 응원하련다

아프리카 TV 6주년을
다시 한 번 진심으로
두 손 모아 축하드린다.

지리산 풀꽃 박덕은

- 장헌권

오늘
바람은 시간을 털어내는
소낙비 오는 정오
원강리 화원 별장에서
흑룡에 윤달 낀 헤르소
그대에게 소중한 사랑 되어
60년 기쁨 밥상 위로
그만 숲의 추억 펼칩니다

해학의 강가에
무지개 학교 만들어
향그런 손 잡아 위트 바다에 부드런 장단 맞춰
유머 찰랑거리는 둥그런과 춤추며
재치 잔물결로 낭만의 시간
포시런 그릇에 담아
싱그럽게 피워냈습니다

이제
느낌 있는 꽃으로
사랑하는 사람 가슴에
심어 주고 싶은 말

청춘이여 생각하라
나는 그대에게 설레임이고 싶습니다

당신
자유인 사랑인으로
둥지 높은 그리움 만지며
갇힘의 비밀 되어
외로움 되어 홀로 있을 때
길 트기
나 찾기

화려한 물음표보다
정직한 느낌표로
부끄럽게 곡선 그으며
울고 있는 젖가슴으로
사고쳤나 봅니다.

박덕은 스승님전

- 전숙경

우린 헤어짐 없는 날만
소중히 안고
옷깃만 스친
인연은 아닙니다

눈으로만 담는
인연도 아닙니다
몇 마디 대화
주고받는 사이만도 아닙니다

작은 공간에
훈훈함 담고
먼먼 길 달려와
환한 미소로 노고 잊고

그 열정으로
반가움 부둥켜안고
애증과 애정이
모락 피어나

정성껏 준비된 다과

사랑으로 삼키며
멋진 님의 주옥 같은
글과 말씀 차곡차곡 쌓아

무지한 나의 자리
내 이름 석 자
세상에 알리는
빛나는 자리로 서 있습니다

이 감사함을
그 무엇으로 갚으오리까
그 감사함
깊이 머리 숙여

이 영광을
귀하신 님께 정중히 바칩니다.

박덕은 스승님

- 전춘순

님은
마술사

님의 손에 가면
무엇이든지 척척
다 아름답고 멋지게
표현되어 나온다

마음이 고아서
사랑의 힘으로
마법처럼

늘 행복하고
모든 게
마냥 좋다

아름다운 생각으로
제자들을 위한 어여쁜 꽃들로
머릿속에 가득차 있다

마치

우리 아빠 같구
우리 오빠 같다

내 맘속엔
님에 대한 존경과 사랑으로
가득 채워져 있다.

아름다운 지도 교수님 박덕은

- 정명자

얼굴 자태
아스라하게
떠올려 봅니다
유난히도 눈이 작아 보이지만
마음은 우주를
닮은 성품
솜털같이 포송포송
비단결처럼 빛나는
고운 마음씨
그림, 시, 수필,
문학, 요리 솜씨,
빵 클라스 신의 한 수
무지개 간식
준비성 있게 푸짐하게
기쁨의 진수성찬이어라
딱 한 번 만나뵈었다
준엄하고 자상한 아빠 닮은 그 모습에
인도주의적인 인간애 풍채가
카리스마적인 키도 크고
장엄하고, 배려와 섬김, 친절함,
학구적인 그 모습이 역력히 또렷하게

가족적인 사랑으로 정감 있어
인상 깊었다
이천십구 년 춘삼월 초에
선배님 순종 따라 한 번 뵙고
시 쓰기에 용기가 없어
아직도 수업에 나가지를 못하고 있다
그게 영아부생, 새내기, 부진아인 탓일까
지인 분들은 모든 면에서 뛰어나며
수준이 아주 우수한 분들이 오신 것 같아 보여
지금도 갈까 말까 많이 망설여집니다
그 후로 자신이 없어
한 번도 용기 내어 참석하지는 못하였지만
즐겁게 신나게 오세요 하시며
도전과 자신감을
글로나마 덧붙여 표현하며
인내와 끈기로 정열적으로
용기를 북돋아 주셔서 감사할 뿐
나 홀로 서투른 낙서장 글이라도 보내면
어김없이 답장을 보내주심에
설마와 설렘으로 감동을 받았다
훌륭한 선생님의 내면 세계를
탐구하고 싶다
지금까지 영아부생부터
걸음마 걸음걸이를 한 발자국씩

꿈의 시 기록 역사 자국을 만들며
모퉁이 돌이 되어 디딤돌로 내딛게 해주신
수제자 사랑 그 은혜에
진심으로 믿음과 신앙 안에서
온 맘으로 감사드립니다
지금은 몸이 불편해 뵙지 못하지만
몸이 쾌차되어
이천이십일 년 다함께 봄날 춘사월에
뵙기를 신께 기도드리며 이 헌시를 바칩니다.

박덕은 시인

- 정순애

당신, 참 촉촉해요
당신, 아주 익살스러워요
당신, 정말 시향의 마술사예요.

아프리카 5주년 BJ 문학박사 박덕은

– 정연숙

주춤거리는 하루
저녁 열 시로 뽑아 올려
어깨의 무거운 짐과 인생의 걸림돌
문학의 피로 돌려 주시는 스승

유혹과 낙심 도중하차의 숨은 길에서
한 번도 넘어지지 않고 그날 그날
지각도 없이 인자한 목소리로 찾아오는
꿈틀거리는 안위

삼복더위에도 행여 선풍기 소리에
감성이 달아날까 봐
땀방울 숨죽여 누룽지 같이 훔쳐 두고
감각을 깨우는 시인.

박덕은 교수

박사 중에 박사, 낭만대통령
덕스러운 품격과 격조 높은 해학 담은
빛나는 문학의 별
은은함 배어든 시향의 꽃밭
누군들 그를 우러르지 않겠는가.

박덕은 나의 스승님

- 정이성

삐이약 삐이약
꼬꼬 꼬꼬 꼭
엄마닭과 대화 나눈다

큰 먹이 쪼아대는 병아리
살짝 다가가 콕 깨물어 쪼개 주며
잘 먹도록 만들어 준다

추우면 안아 주고
더우면 같이 헉헉대며
삶을 가르친다

수리가 날아오면
내 새끼 다칠세라 날갯짓하며
맹수의 용맹을 나타낸다

삐약 삐약 노래할 땐
꼬꼬 꼬꼬 꼭
그래 그래
덩달아 신이 난다

어미닭을 사랑하는 병아리
밤이 된 지도 모르고
아프리카TV에 시선 멈춰
우두커니 앉아
가르침에 탄복한다

이젠
한실의 시조새 되어
알도 품고 어미닭도 만들어
꿈을 현실로 만들고 있다.

낭만 대통령 박덕은 TV 문학관

- 정주이

몸 실은 태초의 자리
스멀 스멀 끊어질 듯
이어지는 고통
깃대로 솟아 둥근 빛살처럼
타오릅니다

돌담에 속삭이는
샘물같이 보드레한 실비단같이
가이 없는 바다를 밟고
산그리메처럼
때때로 어리우는 티끌
저 북상할 꽃바람 따라
오늘도 서성입니다

매양 허물만 박힌 속울음
묵직한 수심의 기둥을 이루고
가슴 시리도록
지고지순함 애틋이 이고서
일깨워 준 둥그런 울림
고스란히 가슴에 담아
쪽빛 물감으로 출렁입니다

저로록 꿋꿋이
바람에도 휘지 않는
등불이여

화신처럼 한 땀 한 땀
열정 쏟아내는 마디마디
그리움의 전설입니다

오랜 침묵 속에 홀로 지샌 긴 밤
그 간절함 쓸어 안고
감성의 섬세함 뜨거운 체온으로 잉태하며
밀려왔다 밀려가는 한 줄기 빛
천년 잇는 수로를 열고 있습니다

여르물 길어
불꽃에 목마름 적시듯
붓끝에 우려낸 약속
결결이 더듬어 토닥이며
맑은 향 퍼올릴 때면

한 생에 받쳐든 장엄한 정신
산산이 기운 머금어
붉은 갈망 푸르게 일렁이고

낭랑히 메아리치는 젖줄 위로
물오름 녹여내듯
팽팽히 감기는 행간
더 깊어진 진동으로 물들입니다.

영원한 스승 낭만대통령 박덕은

- 정진상

무등에 비친 큰 별 빛나는 낭만 스승
빛고을 기름진 땅 문학 볍씨 심어설랑
자르르 윤기 흐르는 문학 쌀밥 짓는다

허기져 찾아가면 반기며 품어 주고
영양 좋은 호남 쌀밥 배불리 먹이시니
찰진 밥 받아먹은 이 방방곡곡 차고 넘쳐

좁다란 농장에는 스승님 농기구들
써레질 쟁기 소리 TV 타고 퍼져 가니
자석에 쇳가루 붙듯 제자들이 모여들고

반백 년 괭이 호미 한 백년 더 쓰시고
티비와 동업하여 해해년년 풍작 일궈
문학상 창고에 가득 천석 만석 채우소서.

박덕은 찬가

신들의 시샘에 쫓겨 하늘에서 떨어졌나
토끼 간 요리 땜에 바다에서 솟았나
사람은 사람인데
귀신 같은 저 솜씨

시구 지어 넘어가는 소리
낭만이 잘 잘 흐르고
맛깔나게 읊조리는 강의 소리에
군침이 꼴깍 삼켜진다

약관에 박사 학위, 이립에 대학 교수
어찌 누가 흉내라도 내겠는가
낭만이면 다 낭만인가
숭한 소리, 사나운 소리, 징한 소리 싫어하고
곱고 이쁜 자음과 모음
요리 조리 엮어
달콤한 바람을 초승달에 걸어
그네 타는 저 솜씨를
너무 흔들어 멀미 나면
미리 차린 음식 솜씨
침이 목구멍 뒷쪽으로 꼴깍 소리보다

손이 먼저 체면 구겨도 웃음으로 땜질한다

지문 다 닳도록 문대대는 파스텔화
수천 가지 형상으로 삼라만상 그려 놓으니
한 번 보면 풍덩 빠져 헤어 나오지 못해도
최면에 걸린 듯 화폭에 빠져 논다

백미 중에 제일은 칭찬하는 심상
어느 누가 따르랴
깔깔 웃는 재치에 하루 해는 쉬이 가고
덤으로 주는 푼수에 절로 젊어지는 느낌
감이 흉내조차 못 내지

당신은
진정 소라 고동 속에 숨어 있다 나온
진정 사랑을 아는 요정인가요.

박덕은 교수님

- 최기숙

어느 인연이 이리 깊어
둔탁한 양탄자 위에
새털 날개 달아주시는가

가물 가물 현기증으로
포물선 춤출 때
정결한 눈맞춤으로
누구의 바람 타고 오시는가

좁아져 버린 고샅길로
라일락 향기 휙휙 날리며
도도하게 걸어 나오시는
그 에너지
누구의 바람 타고 오시는가

닫혀 버린 그 꿈 그 숨결은
누구의 물결 타고
이리 활짝 열리는가

높이 날아라
깊은 사랑과 해학으로

뭇 제자들을 끌어올리신 이여

끊어질 듯한 그 끈을
인내와 열정으로
견실한 밧줄로 튼튼히 말아
아름다운 성 만드신 이여

그 집 그 뜨락에
다소곳이 앉은 감사함이여
겸손이여 사랑이여 구원이여.

박덕은 스승님

가시밭길
앞서 걸으며
길잡이 되어 주고

뒤뚱뒤뚱
아기 걸음
손잡아 주고

두 귀 쫑긋
세워
주저리 주저리

다 쓸어 가슴에 묻고
기꺼이
디딤돌이 되어 주네.

박덕은 시인

- 최세환

소리 방울에 맺힌 물방울
고요의 빛 받아
처마끝에 매단 고택
시간 껴입은 시심의 소리가 산다

침묵 길어져 몸서리치며
일어난 시심 들창문 열며
붉어진 얼굴로 노래하고

깊은 샘 심장에선
무지개색 풀어헤친 열정
백회문 지그시 눌러 시를 쓴다

해가 지지 않는 하루를
사랑으로 사는
대발 둘러친 속 깊은 고택

무거운 소리 붓 들어
칠십여 생 삭혀 논
마음이 사랑을 그린다

오늘도
아침 햇살 듬뿍 담고
뚜벅뚜벅 사색의 문 나서며
여기저기 카메라에 담는다

그게
시가 되고
그림이 된다

그게
사랑이란다.

박덕은 교수

열정 하나 안고
묵묵히 자리 지켜 온
당신

굽이칠 때마다
산산조각 난 마음 꿰매는
당신

한길 낭떠러지마저
어루만져 감싸 안는
당신

깊이 묻힌 감성
톡톡톡 터뜨려 주는
당신

잔잔한 설렘
슬며시 젖어들게 하는
당신

끝없는 보은의 눈빛들이
소롯이 사랑하는
당신.

130

박덕은 낭만대통령 님의 유튜브 방송

- 홍순옥

깊은 사랑의 가르침
하루도 빠짐없는 유튜브 방송
미처 발견하지 못한 아름다운 연결은
감탄이요 아름다운 선율
좌뇌와 우뇌의 조화로운 만남의 장
화려한 내면의 설레임
만다라 최고인 원의 채움
전해 주는 깊은 두드림
명작가 소개와
유창한 우리말 띄어쓰기 맞춤법
시 교정 나눔 인사
내공은 아름다움의 극치
너울너울 날으는 공모전 당선작들
정진의 순간들이 모여 행복 되고
빛의 크기가 쌓여 생의 방향 되네
삶을 수선해 가는 수선공의 하루하루
영원을 향한 빛의 속도로 기쁨 나누네.

아프리카TV 박덕은 문학토크

– 황길신

긴 세월 여섯 해를 한 번도 안 거르고
만방에 여울져 간 문학의 향기 바람
무수히 잠자는 시심 일깨워서 돌본다

하늘의 별들마저 경축 시 반짝반짝
튼실히 자란 묘목 살뜰히 보살펴서
여생을 곱게 꾸미는 장식재로 가꾼다.

박덕은 시인

- 황애라

오늘도 당신은
씨를 뿌립니다

어떤 씨앗이든
어떤 환경이든

시를 만나게 하고
시를 좋아하게 합니다

그 속에 풍덩 빠지게 하는
마술사입니다

끝없는 문학 사랑
한결같은 제자 사랑

찰나의 순간에도
열정과 사랑 부어

꿈틀대는 시어 끄집어내
시의 집을 짓게 합니다

박학다식 유머와 해학
깊은 멋과 낭만으로

수많은 제자 길러내어
문학 동산에서 뛰놀게 합니다

지금도 여전히 길을 찾고
무소의 뿔처럼 그 길 갑니다

어디를 찾아봐도
이만한 이 또 있을까요.

2부 · 그리움의 향기

하루

아침에 눈뜨면
다가오는 하루
점심 먹고 저녁 먹으면
그 하루가 지나간다

소중한 하루지만
그 많은 세월이
하루 속에 다 지나가고
또 하루가 다가온다

한순간에 가 버린
하루 하루가
한심스럽기만 하다

날마다 하루다
가는 날이 하루인지
오는 날이 하루인지
구분이 잘 안 된다

오늘 하루밖에 없다
하루가 언제 갔는지

136

생각도 안 난다

눈 깜짝할 사이
조금 지난 것 같은데 하면
벌써 몇 년이 지나 버리고

엊그제 시집온 것 같은데 하면
얼굴엔 금세
거미줄 그려져 있다

머리는
하얀 서리가 함께 살자고 찾아와서
되돌아갈 기미조차 안 보인다

바람 같은 세월 속에
피할 수 없는 운명
한 조각 구름처럼
후회 없이 살 수는 없을까

느려도
빨라도
세상은 말이 없다

서두르지도 말고

재촉도 말고
천천히 가면서
즐길 것 즐기고
갈 길 가자

어차피
길은 달라도
종착역은 한 곳뿐이니까.

태풍

- 강만순

후두두 후두둑
죽비처럼 내리친다

차곡차곡 쌓인 상념
세차게 후려친다

양철지붕 때리는 매질
흙마당 비질하는 물세례

덜컹이는 바람의 수다
한바탕 휩쓸고 간 뒤

차분히 득음 여는
풀벌레 소리

밤 깊어 갈수록
점점 더 또렷해진다.

봄꽃 향연

- 강병원

계절의 여신보다 계절을 먼저 아는 봄꽃들
꽃샘추위에도 매화꽃 피어나고
샛노란 개나리와 산수유 웃음 휘날린다

고결한 여인의 자태로 유혹하여
눈길 하나로 나를 넘어뜨린 목련
벌나비보다 인파 부르는 벚꽃
봄바람에 꽃보라 흩날리는 아침
숭고한 사랑 자목련도 활짝 웃는다

곰밤부리꽃과 광대나물꽃에 이어
길섶에 보랏빛 제비꽃 수줍은 미소
누님의 예쁜 손가락 반지로 빛난다

아지랑이 따라 산길 오르니
여기저기서 가녀린 꽃대 뽑아올린
춘란의 화사한 자태 향기로 반기고
마음 가득 피어난 봄꽃 세상에
꼬부라진 할미꽃, 어머니 닮아 반갑다.

어머니

홍조 띤 해의 둥근 배에서
훠이 훠이 퍼져 나간 치맛자락
움켜쥔 고사리손에
매일 밥그릇에 담아내는 온기
두 볼 가득 채워 주었지

새색시 얼굴 사라진
동구 밖 장승처럼
두 눈 부릅뜨며
세월 지켜온 발목 밑에
노란 민들레들이 기대어
옷 갈아입었지

초록잎 우렁차게 머리에 이고
세차게 달렸던 넝쿨 사위어진
갈색 줄기 위에
가느다란 맥박이 뜀질했지

볕에 그을린 살갗의 진액 타들어 간
마른 풀내음 들여마시면
또다시 깊숙한 그 품에 안기었지

화려한 불빛 다 사그러지고
촌촌히 이글거리는 숯불
주머니 안에 집어 넣고
다 탄 잿더미 곱게 덮었지

어둔 밤 우물에서 퍼내는
노오란 달물 스며들면
따스한 품에서 들었던
그 심장 소리가
오늘도 똑딱똑딱 흘러간다.

훈련소에서

- 강현옥

추위로 얼어붙은
자작나무 사이로
구불구불 달려온 고갯길

까까머리 젊음
횡대로 서서
긴장된 시간 팽팽히 붙잡고 있다

수많은 염려
수직으로 세우고
포효하듯 외치는 함성

여러 날 뒤척인 기우
불나방처럼
잽싸게 한 곳으로 날아간다

젖내 지운
다부진 어깨 위로
그리움 펄럭이는 날갯짓

땀범벅된 계급장 달아 주며
충혈된 설움 뿌옇게 쏟아낸다.

할머니의 손

- 고명순

긴긴 겨울밤마다
할머니의 이야기는 몇 고개를 넘는다

그 이야기는 부엉이 우는 한밤중에도
마당 건너 뒷간까지 따라 나온다

빨간 손이 올라와
밑을 닦아 주었어

문 밖에 떨고 서서
그 손 못 나오게 했어

수십 년 전 이야기는
지금도 계속되고 있다

지금도 할머니는 하얀 손 되어
날마다 다녀간다
보리까시락 같은 그 손
사랑 덧칠해 따스해진 그 손.

한 순간의 추억

누나는
직장 구하려고
서울 가고 없던 날

누나 친구가 왔다
밝고 고왔던 얼굴엔
언뜻언뜻
그늘이 스쳐지나갔다

그 누나랑
해질녘 강변을 걸었다
파혼당했단다

기필코 복수하겠다는
그 말 속으로
원망 섞인 슬픔이
노을빛처럼 번지고 있었다

위로할 말 찾지 못한 채
침묵으로
울적한 마음만 함께했다

풀리지 않는 의문은
폐가의 마당에
나뒹구는 낙엽 되고

그래도 삶을 사랑하자는
말 한마디 못해 주었던
그 누나의 안부가 궁금해진다.

그리움

봄밤 피는 어느 쯤에
님이 오시는가 보다

물여울 건너는 개울가에
해맑은 얼굴 드리우고

보름밤 두둥실 구름 속으로
보일 듯 말 듯

휘황한 길 열고
님이 오시나 보다.

홍매화

- 김방순

꽃바람 들썩들썩
온몸 들쑤시고 있다
화엄사 홍매화 한 그루
개화 소식 따라 이백 리 길 달린다

천년 도량에서
매화와 노니는 발길
계단 넘어와 곁에 앉는다

진분홍 매화 꽃잎 속에
갇힌 사람들로
진통을 앓는다

뜨거운 심장에서 퍼올리는
진한 꽃향기가
각황전을 물들이고 있다

동백숲 우거진 숲길에서도
동박새 지저귐 따라
갇혀 있던 마음 풀어놓는다

148

아리따운 추억의 퍼즐 조각
꽃바람에 일렁일렁
그리워하는 사람도
사랑하는 사람도
오늘처럼
신바람났으면 좋겠다.

은목서

- 김봉숙

지난여름부터
너의 곁에
가까이 있었다

그렇지만
너의 존재
온전히 알 수 없었다

문 밖에서 늘
이파리 끝에 뾰족한 가시 세우고
혼자 우두커니 서 있던 너

허공 뚫고 삐죽이 올라온 서늘함
싹뚝 자르더니
겨드랑이 사이로 빼꼼히 돋아나
아름다운 숲 이룬 너

째깍째깍 다듬어진 줄기마다
하얀 꽃잎에 매달린 향기
조각배 위에
한 움큼 실어나르고 있더구나

150

언제부터인가
꾸욱 닫아 버린
그 달콤한 내음

이제는 스칠 때마다
칙칙한 공간에
너의 숨결 문질러
콧등에 간지럼 태우곤 한다.

봄

― 김부배

온 세상이
눈뜬다

이리저리 뒤척이며
나뭇가지 흔드는
햇살의 발자국 소리 남기면서

잔물결 얕은 걸음마 뗀
착한 눈빛의 윤슬
볼수록 어여쁘다

서로의 귓불 부비며 흐르는
마음의 온도 높아져
당신과의 인연도
눈뜬다.

카푸치노 한잔

- 김송월

봄볕 켜지는 도로 위
꽃무늬 블라우스
살랑 살랑

추억 끝에 매달린 인연
순애보 되어
시간 속에 영근다

활기 띤 외출
연리지로 피어나
움트는 초록에
똬리 튼다

그물에 갇힌 순간
영혼의 떨림으로
쉼표 하나 찍고

무심한 듯
소나기로 퍼붓는 전율
안개처럼 내려앉는다

우걱거리는 사랑
불그스레한
들숨 날숨의 경계

환상이 탁자 위에 오르면
그리움 꺼내어
그윽히 한 모금 음미한다

고독 동반한
전령의 불꽃
절정 향해 치다를 즈음

어디선가
사뿐거린 발걸음
해설픈 잔상 되어 사라진 뒤

코끝 스치는 커피향
신기루 같은 맘
하늘 향해 띄운다.

우정·9

- 김숙희

비둘기 세 마리가
공원 의자 저만치에 앉았다가
푸드덕 날아간다

봄꽃 마중 나온 발길은
쉴 새 없이 이어지고
명지바람 가르는 파동의 과녁에 꽂힌
잔가지의 떨림은 경쾌하기만 하다

두런두런 이야기 속에
정겨움이 화들짝 피어나
웃음 동반한 산책길 따라나서고

널브러진 추억의 잔상 속엔
유년의 정경 한 폭이 와락 들러붙어
코앞에서 키득거린다

마스크 위로 가늘게 눈뜬 감성은
마음판에 새긴 인연 불끈 쥔 채
전염병에도 굴하지 않고
사연 만들어내는 들숨과 날숨으로

한숨을 허공에 턴다

속살거리는 연민의 정은
속절없는 시련에도
고즈넉한 분위기에 휩싸여 있고
입맛 돋우는 시래기 명태찜
그 알싸함이 양 볼에 침 고이게 한다.

님 향한 마음

- 김영례

날 깨우는 소리에
살포시 영혼의 문 열어
두 손 모아 무릎 꿇고
님의 이름 부릅니다

님의 발 머무는 곳에
나의 발 머물게 하시고
님의 손길 필요한 곳에
나의 손 사용하게 하소서

나의 심장 뛰는 그날까지
하이얀 마음으로 살다가
님이 부르는 그날
기뻐 뛰며 달려가
그 품안에
포근히 안기게 하소서.

동백꽃처럼

- 김영순

그대가 누구이기에
박토에 뿌려진 인연
푸른 길 숲 한길 따라 살고파
비는 사랑의 달콤함 알게 하고
달뜬 설렘과 보고픔의 선물
씨앗이 자라서 예쁜 꽃 피고
풍성한 열매 맺어 세상에 빛 되었다

사시사철 바삐 움직여서
공들여 탑 쌓고 눈보라에 살 에이어도
오직 일평생 볼 스치는 바람
가슴에 안으며 일상을 젖 먹이듯
토닥토닥 눈물 송알송알
더하고 빼고 곱하고 나누며 즐긴 삶

나뭇잎은 두껍고 파릇파릇 생기차게
질푸른 넉넉함으로 반기고
줄기는 여린 듯 강건한 허리 되어
시심은 너울너울 춤추며 초원과 어깨 잡고
사색은 봉오리마다 빨간 열정 피우리

날마다 다채로운 사랑 시 낭송으로 펼치고
진솔하고 느긋한 눈빛 느낌 친구 삼아
가는 시간 붙잡아 추억 되새기며
기쁨은 통꽃처럼 활짝 웃고
야무지게 한 세상 뒷정리하며 살리라

아름다운 깨달음으로
가장 작고 단순한 감사와 겸손을
몸에 걸쳐 두르고
쪽빛 하늘 바라보며
서산의 노을빛 물들여
어느 날엔가 바람 따라 훌쩍 사라지면
이끼처럼 고요히 자연의 일부 되어
뿌리에 스며들어
수목장의 영원한 향기 되리.

독도

- 김영자

수천만 년 흐르는 푸른 핏줄
주름진 세월 깨우며
동해의 여명으로 차올라
큰기침하며 일어선다

전설의 꽃으로 피어난
민족의 뿌리
맨발로 쏘아올린
괭이갈매기 울음소리

제 덩치만 한 적막 끌어안고
달빛도 푸르게 화석이 된
그리움의 섬, 동도와 서도

사시사철
움막 같은 고요 풀어헤친
천애의 가슴벽
촛대암 떠오르면

심장대 꽃밭에는
열병 앓듯 들끓는 동백의 숨결

아슴 아슴 상흔 껴안고

안으로 안으로 다진
소망의 불꽃
꽃이 되고 잎이 되어
끼룩 끼룩 치솟는 향기

오롯한 마음 절규하듯
나래깃 펼친 의지의 항로
먼 지평선 너머 불길이 된 채
가부좌 틀고 있다

한 시대의 피멍울
짓무른 눈꺼풀 떨치며
칠흑 같은 밤 밝혀 주는 등불
철썩 철썩 부딪히는
흰 포말도 잠재운다

한민족의 얼
그 등 굽은 역사의 줄기
천년의 무게 하늘도 안다는 듯
고개 떨군 채
부복의 예를 갖춘 노을빛
찬란한 꽃불 되어 눈물겹다.

목련

흐릿한 내 마음을
바람에 씻겨내 주는
백옥 같은 흰 웃음

맺힌 멍울들이
스르르 풀린 것처럼
상념들이
봄볕에 녹아내린다

잊혀진 이름들이
멀리서
아련히 밀려와
나래 편다

마치
구두 닦는 손길처럼
해마다 어김없이 찾아와
나의 하루를 평안하게 해준다.

162

미얀마에 자유를

- 김이향

회색 하늘 도끼질에
머리채 잡힌 홀씨들
재갈 물려 던져진
검붉은 대지에
흰 뼈로 부서진다

한줌 땅 잠자리에
칼바람 스며들고
피투성이 삼월 하늘
갈림길 없는 영원한 노래에
고개 드는 민들레 홀씨들.

동전

오늘은
소리 크기를 표시하는
단위를 생각한다

차들의 소음
빵빵

모이 찾아 파닥거린 날갯짓
작은 부리로 짹짹

내 주머니 속사정은
짤랑짤랑

언제나
내 손길과 함께 늙어 가다
마트에서 물건의 대가로
카드 익히는 소리 찌찍

소리 소리
꼬불어진 소리
내 귓가에 차츰 익숙해진다

한 달 전
심심풀이 윷놀이
십 원짜리 말을 세워
놀이 흥미진진하던 밤

희부연 먼지 떨며
당당하게 쓰임새
추억 녹이며 살아가는
사람들의 평범한 소리

이 소리들을
담기 위해 지불해야
할 게 너무나 많다

나는
이 소리들을 안고
매일밤
곤히 잠이 든다.

기다림

- 김해숙

살짝 놓고 간
야릇한 소식
온데간데없다

무성한 설원 속으로
꼭꼭 숨어
긴 밤 지새는 걸까

미칠 듯이 휘몰아친
통 큰 폭설은
거침없이 거리 활보하고 있다

엉금 엉금 비상등
의기양양 덜컹대는
저 꾸깃꾸깃한 시야

휴식하는 설렘이
매무새 무장하고
발광하는 바람 뚫고
열정 다그친다

잠시 내려앉은 햇살
다소곳이 숨죽이자
봄내음이 다가와
소롯이 코끝 녹여 준다.

가을산

뜨거운 햇발 꺾어다
단풍나무 우듬지에 잠시 걸어 놓고
드높은 하늘빛 쪼아댄다

산들바람에 취해 곰삭으니
갈꽃 향기 자락으로 길 여미다
세월의 보푸라기 걷어내며 거닌다

초록빛 설렘 에두르며
열정 마구 토해내더니
홍시마냥 붉게 익어 간다

갈기 세워 피어오른 억새
중중모리장단으로 찰랑 찰랑
속삭이듯 추억 버무린다

냉랭한 산모롱이
굽이굽이 맘자락 휘감고 돌아
뒹구는 낙엽의 눈길에
촉촉이 스며드는 그리움

입방아 찧던 귀또리 성화에
속울음 끌어 안고
풀섶 이슬방울에 대롱대롱 매달린다.

너니까

움츠린 생각에
촉촉이 젖은 마음
훌훌 털고 일어나

스멀스멀 기어나온 걱정일랑
바람결에 훌훌 날려보내고
한 자락 봄비에 젖어 봐

언제는
삶에 거창한 이유가 있었던가
향기랑 어우러지면 그만이지

발걸음 무겁거든
휘파람을 불어 봐

그래도 버거우면
즐거운 순간을 떠올리며
재잘거리며 웃어 봐

내달리는 발걸음 잠시 멈추고
하늘과 생긋 눈맞춤 해 봐

비워 둔 몸도 흔들리는 마음도
진정한 네가 아니야
살아 있다는 건 긴 물음표의 연속이니까

날갯짓하듯 여문 땅속 파듯
그렇게 너만의 이야기를 만들어 봐

누군가 그리워지면
가만히 빗소리를 들어 봐

아픔도 친구야
함께 걸어가면 되는 거지 뭐

오면 오는 대로 가면 가는 대로
예쁜 마음 펼쳐 묵묵히 지켜봐 줘

굽이쳐도 파장은 남겠지
소중한 건 보이지 않지만 느낄 수는 있잖아

뒤돌아보지 마
사랑하는 것들이 넘어지게 할 수도 있으니까

마음을 읽어 줘
마음은 네가 아니야

너는 작은 바람에도 흔들리는 갈대가 아니라
생명 그 자체이니까

걷는 법을 잊어 버리지 마
햇살처럼 웃으며 그냥 그렇게 가는 거야
늘 그래왔듯이.

연가

- 노연희

꽃망울 터뜨리며
바다 건너온 소식

키 작은 미소 흠뻑 젖을 때까지
밤새 뜬눈으로 지새운다

꽁꽁 언 바닷길처럼
앞이 안 보이는 걸까

자신감도 서러움도 뒤로하고
여전히 그리움만 얼핏 설핏

손바닥만 한 바람 타고
겨우내 가슴속에서 몸살 앓더니

밤하늘 별 품고
달맞이 고요로 남아 노래하며

마음속 비집고 치민 어깨 떨림
아무렇지 않은 듯 껴안고 있다.

한 맺힌 임의 노래

- 명금자

멀고 먼 이국땅
힘없는 조국의 제물 되어
끌려간 임이시여

흘러가는 구름도 변함 없고
사철 피어나는 해당화도
여전히 아름다운데
한 번 가신 임은 소식조차 없어라

한줌 흙이 되고 바람 되어
오늘도 두고 온 고향 산천 그리며
한 줄기 바람으로 돌아오소서.

손녀야

– 박봉은

세상에서 가장 아름다운 꽃아
마음속에 움트고 있는
아주 작은 사랑의 싹 보이니
지금 너처럼 예쁘게 자라나고 있어

세상에서 가장 푸른 나무야
마음속에 태양처럼 이글거리는
아주 뜨거운 사랑의 숨결 느껴지니
제발 너의 이파리로 가려 줘

세상에서 가장 화려한 단풍아
마음속이 너처럼
알록달록 물들여 가는 게 보이니
너보다 더 화려하게 물들고 싶어

세상에서 가장 하얀 눈송이야
마음속이 순수한 숨결로
가득 채워지는 게 보이니
너보다 더 하얀 순백으로 간직하고 싶어.

능소화

- 박상은

빗줄기가 소리 내어 글 쓰면
수줍은 듯 고개 돌려 속삭이듯 읽어 주며
행여나 창문 열릴까 가슴 졸인다

촉촉이 젖은 분홍빛 기다림
눈길 줄까 해종일 향기 내뿜다
지쳐만 간다

구슬프게 우는 범종 소리
달빛이랑 한가로이
부엉이 눈빛 받으며 산책한다

보고파 서두르다 떨군 통꽃
품은 사랑이 전해 주기도 전에
울어야 하는 설렘

햇살의 포근한 눈빛
향기 풀어 전해 주고파
고개 내민 가지

힘겹게 기어오른 담장에

속울음 삼키며 기대어 지새는
긴긴밤의 침묵
아침 이슬에 부은 눈가 적신다.

사모곡

- 박지영

뭐가 그리 급한지
신발도 채 신지 않고
잠자듯 거친 숨 거둬
홀연히 가 버린
당신

행여 붙잡을세라
한 마리 새 되어
얼굴 주름길 따라
바람처럼 훌쩍 떠난
당신

버거운 한세상
새겨진 눈물 자욱 지우려
그 삶 덩그러니 붙잡고 있는데
당신은 흔적조차 없네요

아쉬움은 빗물 되어 흐르고
백일홍은 해마다 그 자리에
꽃물 들이는데
그리움은 한없이 더해만 갑니다

끝없는 사랑의 눈빛으로
바라봐 주고
그저 자식 위해 기도하던
하나뿐인 당신

그때는 몰랐습니다
짧은 하루가 영원한 안녕이란 걸
엄마라는 그 흔한 이름이
이리 영원히 가슴속에 간직될 줄

가슴속 영원한 사랑 하나
생전에 사랑한단
말 한마디 못했는데
세월이 흐를수록
켜켜이 후회만 쌓여 갑니다.

몽돌

- 배종숙

거친 물결이 가슴 찔러 오면
각진 모서리에 몸뚱이 아플세라
사그락 사그락

서로 맞댄 정겨움
옹알이하는 파도에 미역 감아
갓 잡아 올린 생선의 비늘처럼
윤기가 흐른다

살아온 날들이 힘들고 아팠어도
금빛 노을에 형형 색깔을 연출하며
감춰뒀던 생의 무늬들이 날갯짓한다

어느새 밀물과 밀어 나눠 사랑 피우고
고른 숨결로 춤을 추면
보석이 되는 꿈 알 수 있다고
바다는 말한다.

손녀

- 서동영

나는, 사랑이 이렇게
다시 시작될 줄 몰랐다
나의 설렘, 나의 갈증,
그녀로 인해
나의 세계는 눈뜨기 시작했다

나는
그녀의 마음에 들기 위해
목욕재계하고

그녀를 만나기 위해
아침마다 최고급 향수를 뿌린 채
오늘도 너의 집 비밀번호를 누른다

아,
여인아!
너는
어느 우주에서 태어나
나에게로 왔느냐
너의 울음과 웃음과 짜증이
나의 오늘을 만들어 간단다.

메주

정성으로 꼰 새끼줄에
매달리는 날

가슴에 품은 사랑으로
거친 시간 이겨내며
곰살맞게 피워 올린 향기

하늘 닮은 항아리에
연지 곤지 찍고서도
속울음 토해내며
켜켜이 삭혀온 세월

더 많은 우주 담으려고
침묵 속에 제 몸 가득 품어 온
하얀 입김

천년의 장맛 기다리며
정갈한 얼과 손잡은
긴 여정의 속살 덩어리.

벚꽃

- 서은옥

섬진강 흐르는 물줄기
윤슬에 반짝이고
강둑 양 옆으로 줄지어 선 날개 활짝

서로 맞잡은 손
일 년 만의 재회
젖은 그리움 굴리며

사랑으로 마주보고 서서
할 말은 너무 많은데
오직 두근거리는 가슴뿐

산들산들 향기 따라
햇살에 발레하는
눈송이들

연분홍 드레스 미끄러지듯
화사하게 날아다니다
사뿐히 추억 되어 사무친다.

우리들의 시간

- 서정필

꽃피던 그 시간
젊은 날의 아름다움

나비도 너울 너울
벌들도 윙윙
참 좋았지

무척이나 아름다웠지
무심한 세월의 파도
그 때문일까

또 다른 꽃 피어
유혹하지만
그 향기 지금은
홀연히 사라졌지

당신이 있어
참 행복한 시간

세월의 흐름 속에
영원히 피어날 아름다운 꽃
향기 나는 꽃.

집

옹골찬 가을 햇볕 차르르 찾아들면
앞마당 멍석 가득 붉은 고추 몸 말리고
지붕 위 호박덩이들 경쟁하듯 커갔지

밤비늘 끄르머리 새벽을 간질이고
뒷산을 가득 매운 까치 소리 반가운데
어머니 환한 미소는 그 어디서 찾을까

고향집 감나무에 숨어든 추억들은
여전히 떫은 그 맛 함뿍 물어 싱싱한데
석 삼 년 주인 잃은 집 대문마저 삭았다.

185

폐지 줍는 노인

- 소정선

과일가게 모퉁이에
흐트러진 삶 리어커에 싣고
굽혀진 허리로 걸음 재촉한다

어느 누가 주었을까
잘록한 허리끈 지푸라기로 묶은
채소 다발도 처량히 따라가고

유기농 야채 벌레 먹은 듯
구멍난 셔츠, 따신 물이 그리워
고단한 몸뚱이 누울 곳 찾아 들어선 집
폐지로 얼룩지니 쉴 공간마저 없다

해는 뉘엿뉘엿
노인의 낡은 고무신에
그저 빗물만 가득 고인다.

슬픈 겨울

- 소정희

동갑내기 친구 여름 보내듯
멀리 보내고 나니
속얘기도 굽이 굽이 묻어난 향기도

코흘리개 먼 추억도
나를 아프게 한다
보고픈 마음 실안개처럼 피어올라
새벽 가로등도
흐느끼며 서서히 사라진다.

장미

- 손영란

어떤 날은
붉은 꽃잎보다
가시로 말한다

어쩌면 당신을
그리는
가장 진실한 언어

말할 수 없는
바람에 실려온
그 향기.

햇빛 세탁소

- 양은정

운동장에서 뒹굴던 내 옷과
오줌 싼 동생 팬티가
햇살 반짝이는 하늘 줄에 매달렸다

산바람이 살랑살랑
들바람이 설렁설렁
옷을 번갈아 입어 보며 킥킥거리자

낮잠 자던 흰둥이가
눈을 번쩍 뜨고 하늘 줄 바라보며
멍멍멍 멍멍

해님이 발그레 웃으며
옷이 다 말랐다고
햇빛 세탁소 문을 스르르 닫는다.

서울 거리

- 양종숙

하늘거리던 발걸음
빌딩 숲속으로 사라질 때쯤
어디선가
바쁜 걸음 소리 들려온다

이곳에선 모두가 재촉하듯
움직임 분주하고 숨가쁘다
일상 속 하루 하루가
시공간을 초월한 듯

마음의 속삭임이 그러하듯
풍요 속으로 빈곤이 찾아오듯
늘 쿵쾅거리며 요리조리
바람에 나부낀다

적막이 찾아와 재잘거린다
요즘 들어
왜 이리 세상이 조용한지

잿빛 거리엔
분주하던 발걸음 찾아볼 수 없고

곳곳에선 신음 소리
메아리치며 울려 퍼진다

상념의 소리가
숨쉴 수 없이 빼곡히
쌓여만 가고

대지 위
휘몰아치는 바람 앞에
멈출 수도 없다

그 바람 멈출 때쯤이면
활기찬 미래가 찾아오고
가슴 벅찬 일들로 가득차
흥겨운 일상으로 돌아가겠지.

오늘의 기도

- 유양업

주님,
인류의 구원을 위해
고난의 십자가를 지심으로
구원의 감격을 안겨 주셔서
감사합니다

어려운 이웃 위해
고난과 헌신 다하지 못한 채
살고 있는 연약함을 고백합니다
용서해 주소서

하나님을 사랑하고
이웃을 내 몸과 같이 사랑하는
적극적인 삶 되기를 원합니다
힘 주소서

너희는 내 증인이 되라고
하셨는데
전도의 열성과 비전을
잃어 버릴 때가 많습니다
성령 충만으로 거듭나

주님의 참된 제자 되게 하소서

주님은 섬김을 받으려 함이 아니라
도리어 섬기려 왔다 하신
말씀 본받아
주님의 임재를 경험하며
열심 품어 살게 하소서.

도토리

- 윤경자

초가을 뒷동산
고운 햇볕에 영글대로 영글어
툭 툭 툭
터지는 멜로디 들려온다

산책 나온 내 머리 위로
톡 톡 톡
떨어지자마자 사방으로
때굴때굴 굴러가다
오솔길 풀숲으로 살포시 숨는다

한참 숨바꼭질하다
산책로에서
까꿍 들키고 만다

매끈매끈한 팽이
뚜껑 덮인 꼬마 항아리
귀염둥이 내 친구들 이리저리
잘도 굴러다니며
산자락 여행한다.

등대

묵화 속에 서성이는
한밤중의 사연들이
홍등가의 불빛처럼
빙글 빙글
살아온 궤적 따라
펄럭인다

잠에서 깬 여명이
잔물결에 떠밀려
모래톱에 반짝일 때쯤

천근만근
내려앉은 눈꺼풀은
침묵으로 일관한다

언어가 없는 세상
꼭 해야 할 말
가슴에 묻어 두고

귀머거리가 되어
묵언의 가부좌 틀고

구도의 길 간다

입 열면
숱한 삶의 흔적들이
봇물처럼 터지는
어쩌면 듣지 못한 세월이
사리가 되었는지 몰라.

황진이

- 이강례

기러기 날아가고 부엉이 우는 밤에
구슬픈 운율 가락 눌 위해 퉁기는가
고운 님 떠나 버린 밤 타는 가슴 어쩌나

어이해 가는 임을 붙잡고 애가 탄가
비련한 여인이면 마음도 못 이룰까
가야금 타는 열두 줄 울음 속에 묻어둔다

한밤의 상흔 자락 달빛을 끌어안고
서화담 오시는 밤 어이해 잠 못 든가
예술인 송도삼절의 몸을 던져 헤아린 길

화무는 십일홍이 달빛에 시드는가
망울진 고운 꽃도 열흘을 못 넘기니
아서라 천하일색도 서글픔을 껴안는다

누각에 서린 달빛 가야금 뜯는 소리
새들도 재잘대던 노래를 멈추면서
음률에 귀를 기울여 함께 즐겨 춤추네

담 넘어 보던 총각 황홀함 매료되어

짝사랑 품은 연정 못 맺을 정이련가
침묵도 속내를 감추고 허이 허이 잘도 가네

벽계수 남아 호걸 달빛 문 거문고에
풍류를 타는 선율 미색에 넋을 잃고
큰소리 호언장담은 애간장이 다 녹네.

사랑나무

- 이명사

황량한 들판에 홀로 있는 저 느티나무
앙상한 가지에
겨울 울음 한아름 안은 채
빈 의자 지키고 있다

외로움 업고 찾아와
가지에 걸쳐 놓은 상념까지
흔적 없이 사라지면
안타까움 디디고 서서
혼자 속울음 삼키고 있다

나무 아래 찾아온 속삭임들
사랑 찾아 맺어 주며
행복했던 수많은 추억들

오늘도 해거름 노을빛 안고
아련한 그림 연출하며
침묵 머금은 채
그리운 님 기다리고 있다.

나의 길 위에서

알록달록
단풍이 가을 안고 지듯
소근소근 내리는 밤비에
지는 것도 서러운데
눈물마저 보이는가

어릴 적 꿈이었을까
문학 하는 사람이 멋져 보였다
한땐 그랬으면 하는
무한한 생각을 한 적도 있었다

봄 여름 가을 보내고
겨울의 초입에 이르러
시가 무엇인지도 모르고
덜컥 잡았으니 책임 또한 따른다

이 길 위에서
남은 열정을 모두 아낌없이 풀어 보면서
꽃의 아름다움보다는 단풍이고 싶다

소복소복 쌓인 눈의

풍요로움과 신선함을 벗으로 삼고
거울로 보며
흐트러지지 않는 나였으면 싶다

뒷모습이
아름답기를
기도하고 또 기도하리.

꽃망울

- 이병현

빈 가지 끝에 머문
너의 흔적
별빛으로 채우고

건듯 불어오는 바람에
햇살 말아올려
뽀얀 속살 찌운다

어느 날엔가
하얀 이 드러내며
피어 올릴
여린 미소처럼

희미한 온기 한줌에
솜털 보송한
수줍음으로 꽃피운다.

봄길 달리는 자전거

- 이수진

백지에 채워야 할 하루의 소리
자갈길의 마찰음
소쿠리에 가득 담긴 봄내음 싣는다

냉이 쑥 향기
치맛자락 안장에 태워
흙먼지와 뒤엉켜 내달린다

솜털 같은 뽀송뽀송한 유년
아낙네들 농익은 장난 속으로
숙녀의 방울 소리만 요란스레 앞지른다

개 짖는 소리에 겁먹은 눈빛
페달 밟는 시간 접고 접어
허리춤에 달고 온 추억은
그 앞에서 멈춰 선다

삐걱삐걱 소리 품었던 시골길은
이제 소리 없이 미끄러지고
핸들 잡았던 미소는
따르릉 따르릉 브레이크 밟는다

아버지 허리 끌어안던 소녀가
그 자리에 딸아이 태워 내달리며
마주한 추억 저장시킨다

꽃잎 날리는 길
안단테로 피어난 벚꽃의 음표
봄의 높은음자리 오선지 위로 달린다.

태화강

- 이양자

울산의 젖줄
한껏 빛 뽐내고
봄햇살처럼 형형색색
자연스런 어울림

찰랑찰랑
넘치듯 흔들리는 잔물결
대도시 가로질러
한강과 맞물린다

위에는 차가
아래는 사람이 걷는
견우 직녀 만나듯
은하수 다리

정원의 수려한 대숲
낭창낭창 흔들리고
아른거린 아지랑이
기쁜 순간 만나려고
새순 틔워낸다

철새들의 군무
하늘 수놓고
봄 등살에
껌딱지 친구와
길 위의 자연에
걸음걸음 몸 싣는다.

나의 살던 곳

- 이영

하얀 벚꽃 송이 송이
마치 구름 속 걷는 듯
굽이치는 추억 따라
뱃사공이 건네주던
그 저녁놀 강 건넌다

어머님 손 잡고 아슴하게
오봉산 자락 걸어가던 길
생각만 하고
여태 못 오르던 사성암

굽이 굽이 오르고 또 오르니
아슬아슬 암자 그림같이 아름답다
벼랑 끝에서 앞을 보니
섬진강이 굽이쳐 흐른다

벚꽃 만개한 강가
끝없이 펼쳐진 초록 벌판
어머님 품속같이 아늑하다

아기자기 아름다운 암자

계단마다 내려다보이는 절경
무아지경이다

어린 시절 살던 집 그대로다
집앞 감나무 외삼촌 망태 메고
감 따던 그때 모습 선하다

집 옆 냇가
커다란 암벽 끝에 피어 있던
하얀 찔레꽃
손이 닿지 않아 애달파했지

새 옷 지어 입혀 주면
그대로 냇가에서 첨벙대며 놀고 있어
놀래켰다는 그 시절
아련하기만 하다.

가을 텃밭에서

흙 한줌 쥐어 보고
밭이랑 만들어 무 배추 심는다
하늬바람 불어와 젖은 얼굴 스치니
호미 자루 던져 놓고 탁배기 한 잔 들이킨다

고개 들어 하늘을 본다
뜬구름 세월 안고 쉬임 없이 흘러가고
붉은 태양은 해야 할 그 무엇이 남았는지
가을빛에 물들어 서산마루에 걸쳐 있다

눈자위에 괜시리 맺힌 이슬
문득 시 한 편 적고 싶어
텃밭 한켠에 묻어 두었던
시어 몇 줄 꺼내어 씨줄 놓아 날줄로 엮고
들숨과 날숨으로 맞추어 본다

탁배기 한 잔 더하니
멋진 시처럼 황홀한 금빛 노을이 가득하다
올 가을엔 자투리 텃밭 한쪽에
몇 개 남은 시어와 시심도 한 폭
푸욱 묻어 두어야겠다.

209

월출산 바라보며

물안개 자욱한 산등성이
묵언수행 중
솔잎 사이로 불어오는 바람에
온몸 움츠리는데
낭만 찾는 한 줄기 추억 내 곁에 앉는다

인적 드문 고적한 돌길은
닳은 지 오래
오늘도 안부 묻는 이 없어도
고고한 자태 여전하고
산 아래 오고가는 술잔
너를 보며 노래한다

온종일 바라보는 것만으로
그리움 달래고
고독을 눈 안에 채운다
채워도 채워지지 않는
술 한 잔
텅 빈 가슴 풀어헤쳐 본다

굽이굽이 사연 담은 산모롱이

미소 짓고
오르고 또 올라도 항상 그리운 너

살아온 세월만큼 정은 벗보다 좋은데
여전히 안을 듯 말 듯
설레게 한다.

패랭이꽃

- 이인환

눈물이 빗물처럼 처절히 뒹군 그날
산중에 소나기가 가슴을 후려친다
돌계단 타고 내려온 풀꽃 여인 그 울음

처마끝 바람 선율 산사의 종소리에
계단 옆 작은 연못 빛 고운 관상어들
연민의 눈물방울 속 먹이 찾아 모인다

그늘져 가녀린 꽃 쓸쓸히 휘청일 때
비 그쳐 뒤돌아본 저 멀리 햇살 속에
짝 찾는 꿩 울음소리 대웅전을 건넌다.

목화밭

- 이향숙

바닷가 자갈밭
어머니 사랑 닮은 풀

설익은 다래 따
아들과 허기 달래던
바로 그 자리

타들어 가는 그리움에
호미손이
외로움 찍는다

눈에 섶이 일고
미영 박혀 흐릿해진
세월

밭두렁 향해
눈 떼지 못한
인고의 세월

하양, 노랑, 분홍 갈아입으며
흰 무명꽃 솜털 드러내는데

운명 가르는 한 끗 차이로
심지 박혀 오고가지 못한다

탁탁, 철걱철걱, 바디 당기는
소리 들으며
곁에서 잠들었던 아들

오매불망
한량없이
그리울 따름

밭둑 벗어나 아들 그림자 따라
사립문 들어서는데
가슴속에 기워진 무명옷 한 벌
문갑 속 들락날락 아파하며 기다린다.

갈매기·2

바람 벗삼아
창공 가르는
기개에 찬
날개짓

더 높게
더 멀리
기상하는 자유의 표상

온몸으로
물씬 맞으며
퍼덕이는
하늘 닿는 꿈

높이 날아
가슴 펼치는 순간.

산행

- 임순이

추억이 산모롱이에
반쯤 접히는 한낮

강언덕 언저리 순례하는
바람의 노래가 수채화처럼 향그럽다

노루귀 하얀 미소로
스치는 눈빛 속에서
찬란히 유희한다

섬진강 물결은 굽이 굽이
들꽃 속으로 빨려들어 와
답답함 뚫고 가슴에 돌아눕는다

일상 꺼내어 산자락에 흘리고
마른 버짐 같은 시간들도
한 겹 한 겹 벗기고 나니

산새들의 환희가
귀 쫑긋 세우는 봄날 위에
나풀나풀 안긴다.

어머니 손빨래

- 임영희

이따금 불어오는 바람에
무늬 없는 뒤안길 부여잡고
흑백 사진처럼 고요히 피어낸 향취

어둠 두드려 펴
아린 슬픔 흥얼 흥얼
남몰래 냇물에 헹구던 당신

가난에 쥐어 짜던 삶의 무게가
아버지 힘줄 같은 빨랫줄에서
주렁주렁 울컥이다 휘어지고

눈빛 스치는 그리움 너울대다가
우두커니 서 있는 바지랑대에 기대어
고단한 날갯짓 잠시 쉬어 간다

봄빛보다 더 따스한 품안에서
보송 보송 갈아입은 말간 향기가
살풋이 나부끼고 있다.

목련 찬가

- 장순익

자연은 대지 가르쳐 싹 키우고
연기처럼 피어올라 하늘 배우며
의연한 모습으로 자라고 있다

백옥 같은 날개옷 입은 목련아
로비에 앉아 웃는 그 모습 참 곱다
가랑비에 젖은 속살까지도 예쁘구나

좋은 옷 한 벌 입고 화사한 봄날에
아버지 따라 나들이 가자꾸나
아름답게 단장한 모습으로.

미얀마에서 광주를 본다

- 장헌권

언제 날아올지 모르는 경찰의 총탄
거리의 군인들 불 뿜는 총구
살벌한 총검, 장갑차 굉음 사이로
1980년 광주를 본다

울부짖는 수백만 시민들
총알 관통 당해 으스러진 머리
만삭된 임산부 주검에서
오월의 핏빛 금남로를 본다

권력에 눈먼
민 아웅 흘라잉에게서
전두환을 본다

세찬 피바람 앞 새총 돌멩이뿐
오른손 둘째 셋째 넷째
세 손가락 올린
자유 선거 민주에서
도청 광장의 분수대를 본다

사랑도 명예도

이름도 남김 없이
차알 신 태권 소녀 에인절
'다 잘 될 거야'라는 외침에서
'앞서서 나가니, 산 자여 따르라'를 본다

도둑맞은 민주의 봄
지구 멸망 때까지
항복할 수 없다고
죽어도 군부 밑에서
살 수 없다는 연대의 투쟁
미얀마 봄의 혁명에서
5.18민중항쟁을 본다.

내리는 눈을 보며

- 전숙경

화이트 눈송이
창가 내 눈 속에 소복이
쌓이고 쌓여 시야를 가리네

회상의 그 시절
어머니 사랑 한 올 한 올
벙어리장갑에 끼고

꼭꼭 뭉치고 굴려
입안이 시리도록 가득 들고
호호 녹여 먹던

그 순간이 그대로 멈춰
담은 눈에서
녹아내리지 않기를.

쓰고 또 지우고

- 정기순

나는 84세인데도
한글 공부가 재미있습니다
여러분은 어떻습니까
지난날을 생각하면 부끄럽기도 하지요
왜냐고요
이제부터 짤막하게 이야기해 볼게요

고통스러울 때
편지를 쓰다 지우고 쓰다 지우고
몇 번이나 반복했습니다
끝내 다 쓰지 못하고
그만 찢어 버렸습니다

못 배운 것이 한이 되어
늘 언제나 글을 배우면
편지도 쓰고 글짓기도 하고 싶었지만
모르는 게 많아서
몇 자 쓸 수가 없었습니다

오늘 이렇게 짤막하게라도
시를 써 볼 수 있어 정말 행복합니다.

생동하는 입춘

- 정달성

날이 풀리니 곳곳이 봄이다

기지개 켜며
움틀거림 시작되는 날

겨우내 묶여 있던 우리의 마을살이
하나둘 꺼내어 기름칠한다

폐현수막이
변신술 귀재 재봉틀 위에서
장바구니로 바뀐다

공동체 수첩 들고
바뀐 마을 선생님
연락처 수정하고

공모 사업 이것저것 챙기며
올해는 이것 할까 저것 할까
머리 맞댄다
사람살이 다짐한 마을일
왠지 느낌 좋아 행복하다.

님이여

– 정명자

이천이십일년 삼월
꽃피는 봄날에 꽃다운 님이시여

육의 몸도 영의 마음도
아프지 말아요

라일락 꽃향기
실바람 타고 흩날리던 이십대
젊은 대학교 시절에
우린 교정에서 만났지

지난 세월 뒤돌아보니
시간은 덧없이 흘러
이제 육십 세를 바라보니
성한 몸은 찾을 길 없다

소리 없이 이름도 없이
아픔과 고통이 없는 나라로 가고 싶다

이대로 눈감고 사르르
꿈속에라도 님을 맞이하여
잠들고 싶다.

잃어 버린 시간

세월의 줄다리기가
점차 팽팽해진다

느슨한 손놀림이 가해져
팔목 시림이 전해 오고
숨가쁜 시간이 두 손 잡고 쳐다본다

시름에 끌려가지 않으려
몸무림치며 버려 보지만
취한 듯 비틀거린 마음
굽이진 생의 물결에 떠밀려 간다

먼지처럼 두툼히 쌓인 티끌이
두 눈에 맺힌 서러움 되어 일렁이는데
어디선가 날아든 바람 소리
눈물방울 훔쳐 달아난다

떠밀려 가는 뒤꿈치가
힘껏 한 발 당긴다
흙먼지 두려워 내동댕이친 분침 털며
째각 째각 웅크린 시간 편다.

낙엽

팔랑거리던 이파리들
지난밤 된서리에 온몸 멍들어 혼미하다
계절의 틈바구니에서
흐느적거리며 작별 인사 나눈다

갈바람에 내맡긴 몸
휘그르르 감돌다
가을 향 질은 언덕 밑 길섶에서
시린 마음 추스린다

떨어진 고백들
땅바닥에 몸 눕히니
지난날 향수 코끝에 매달려
이별의 서러움에 흐느낀다

따사로운 봄 햇살이
찾아오는 날
은둔의 시간 속에서 싹 틔운
한 알의 밀알로
새로운 만남을 꿈꾸리라.

나의 봄

- 정이성

숨쉬기 힘들던 계절에도
풀뿌리는
얼어붙지 않았다

웅크렸던 나뭇가지
장갑 낀 주먹으로
견뎌냈다

봄맞이 호흡
둥근 꽃봉오리
천지에 고개 들었다

순식간에 활짝 웃었다
아무도 듣도 보지 못한
향기로.

그늘을 모으다

- 정주이

맹물 한 잔이
우주 중심이 되는 시간

오성의 고리처럼
매일 새로운 갑옷으로
무장하고

영험한 주술사의
주문으로 깜깜한
찔레 덤불 속에서
밤새도록 숲속을 뒹구는 커다란 돌을
붙잡는다

풀물 들어 끌려나간
자국들
먼 파도 뚫고 나와
힘껏 물기 뜯어낸 뒤

길게 자란 밤을 조심스레 꺼내
회오리처럼
가끔 날아든 기억을 보며

맑은 잡초를
우거진 평원에 펼친다

소금기 머금은
구름이 지루하게
밀려갔다 밀려올 때쯤

새겨진 손금 안에
새벽이 깃들고
영하의 들판에 서성이는
새떼의 예언을 듣는다

하현달에 손 씻다가
물비늘이 햇살 만나듯

문득 과녁의 방향
전력을 다해 질주하는
먼 강의 일몰을
바라본다

북방에서 빠져나온
빛이 더 깊은 수렁으로
들어가는 바람은
흉터로 가득하다

창 너머
몇 가닥 불면이
자정의 문 열자

적막한 열매들이
입술처럼 매달려
소리 없이 진실을
선언하고

오래된 화두는 금 긋는
것처럼
균열로 퍼져 나간다

별의 눈빛도
허공을 뜨겁게 베어 버린 뒤
조금씩 움직인다.

행복

- 조규칠

달빛 지쳐 가늘어지고
별빛마저 허기져 숨어 버린 밤
허공 속 떠돌며 고독을 삼킨다

여인의 숨소리
아스라이 사라진 지금

외로움에 길들여진 세월 속에
단념으로 마음 달래니

벽시계 초음 귓불에 간지럼 주고
들고양이들 사랑으로 입맞춤한다

나를 감싼 미물들 소리
황금빛 꽃밭으로 인도하여

작은 소리 달콤한 속삭임
큰 등불 되어 빛난다.

뻘떡기*

- 조정일

요놈 봐라
앞발 들고 기세 좋게 덤비는 폼이 그럴싸하다
돌 틈에 숨어 살던 놈
돌 뒤집혀 발각되자
몸통만 한 가위손 가시 세워 들고
톡 불거진 눈알 이리저리 돌려 가며
거친 톱니바퀴 앞세운 갑옷 입고
갈지자로 전법을 전개한다
이 정도면 겁먹고 나자빠질 놈도 있지만
허우대 좋은 놈 실속 없더라고
넓적한 뒷발로 살랑거리는 걸 보니
여차하면 줄행랑치려는 속셈
물결에 통통 뛴다
이리저리 살펴보니 등판이 약점이라
왼쪽으로 공격하니 왼쪽 앞발 앙앙거리고
오른쪽 돌격하니 물살 갈라 헛발질한다
이놈을 어찌할까
팔진법을 쓸까
일학진을 쓸까
정면을 몰아치니 눈깔 후리는 소리가 제법이다
찔러 찔러 길게 찔러

혼쭐을 뺀 다음 비장의 암수로

번개불에 콩 볶듯

도리깨로 타작하듯

등짝을 짓누르니

십지가 아우성쳐 보지만 지척이 십만 리라

가만히 등판 잡아 바구니에 집어넣으니 기버끔* 물고

분을 삭이느라 할딱거린다

끓인 간장통에 뉘어 배 헤엄치게 할까

이글거린 숯불에 게 등짝 벌겋게 구워

허연 살 발라 볼까

등딱지에 담긴 된장 밥 한 술 비벼볼까

뒷다리 살 질경 씹어 눈웃음이 살강에 걸린다

부른 배 앞세우고 창문을 열어 보니

일찍 뜬 달님이 침을 꼴깍 삼킨다.

---

* 뻘떡기 : 민꽃게의 전라남도 해안가의 사투리
* 기버끔 : 게거품의 사투리

어머니

- 최기숙

화사함으로 돌돌 말은
분홍빛 수줍음
청잣빛 울타리로
유년 시절을 끌고 갔다

짙은 산등성이
바람 앞세워
시야 흐리게 할 땐
향그러운 여섯 갈래 제단
쌓게 했다

내려다보는 따스함은
보랏빛 물결로
가슴 깊숙이 들어왔다

묵언의 삶은
노래가 되어 나래짓 펴더니
초록 지평선을
유유히 날게 했다.

오렌지

담배꽁초 죽어라 빨 때
볼따구니 깊은 샘에 빠진 조 씨
항상 바쁜 몸짓 술 한 잔 꼬리 치면
오렌지 폼이라며 태권도 돌려차기
군 시절 특등사수 그 자세는
빨간 입술의 삐에로 그대로다

초등학교 4년 학력
오렌지 먹을 때를 정확히 알아
끈적끈적한 달콤함
스스럼없이 꺼내 먹는다

오리지널로 돌아가지 않는 혀
단맛 입혀 쓴 시가 오목가슴에 내려앉는다
그가 말하는 오렌지는 오리지널

텃밭에 참깨 씨 뿌리던 날
조 씨 구두 헐레벌떡 뛰어오다 엎어지며
뿌린 깨 씨는 오렌지 아니랑께
토종 장닭 같이 홰치며 구구거린
기억이 새롭다

그해 깨 농사는
'오렌지 향기 바람에 날리고'를 연주했다
나는 학교에서 오리지널 뜻과 글자를 배웠고
책 속에서 농사짓는 법을 알았으나
오리지널 토종 깨 씨 구별법은 없었다

그는 생활 속에서 오렌지를 알았고
깨 씨도 알았다
책도 읽었고 시도 쓴다는 작자가
오렌지로 뭉클한 맛을 내며 시를 쓴
조 씨에게 부끄럽게도
마음이 소르르 다가갔다.

동짓날

- 최승벽

동글동글 팥죽
그 속에
어머니 얼굴이 보인다

추억 끌어올릴
사랑 한 자락

산모롱이 하얀 눈처럼
달려오고 있다

숱한 시간은
강물처럼 흘러가지만

아직 남아 있는 정은
저리 소리 없이
무럭 무럭 자라고 있다.

미소

― 최형배

오늘이 어제 같고 내일이 오늘 같은
행복한 나날들이 한가득 넘쳐나서
너와 나 우리 다같이 곱디곱게 웃는다.

서울의 봄

- 황길신

겨우내 얼어붙고 밟히고 깔리어도
푸르름 돋아나고 봄날은 오고 있다
송죽매 올곧은 향기 강산 가득 퍼진다.

달빛 흐르는 동안

- 황애라

어릴 적
술술 노래하던 달 노래
정작 쟁반 같은 달을
의식하지 못한 채
달달 부르던 달 노래

추석이 가까스로 지나고
휘영청 밝은 달과 함께
고속도로 위를 달린다

언제부턴가
커다란 달이
그 모습 드러낼 때마다

쟁반 같은 달이라고
명명한 시인의 달처럼
느껴지곤 한다

한밤중
불빛에 날아든 나방들
눈발처럼 부딪히다

점 하나 남기고 사라진다

나방이 사라진 뒤에도
달은 유유히 여유롭고
우리 차는 가야 할 길을 간다

예기치 않은 일들이
빈번히 일어나는 구석진 곳에는
나방의 흔적만 남고
일상을 살아가는 사람들
그 이야기만 달처럼 떠 있다.

한실문예창작 지도 교수 프로필

문학박사 박덕은(넉네임·낭만대통령)

전남 화순 출생

문학박사, 전 전남대학교 교수, 국어국문학과장 역임, 한실문예창작 지도 교수, 아프리카TV BJ, 〈중앙일보〉 신춘문예 문학평론 당선, 〈창조문학신문〉 신춘문예 시 당선, 〈전남일보(〈광주일보〉) 신춘문예 동화 당선, 〈사이버 중랑〉 신춘문예 시 당선, 새한일보 신춘문예 시 당선, 동양문학 신춘문예 시 당선, 김해일보 시민문예 시 당선, 경북일보 호미문학상 수상, 모산 문학상 대상 수상, 대한시협 문학상 대상 수상, 타고르 문학상 대상 수상, 윤동주 문학상 대상 수상, 문학세계 문학상 동화 대상 수상, 항공 문학상 수상, 여수해양 문학상 수상, 경기수필 문학상 수상, 우리 숲 문학상 수상, 부산진시장 예술제 문학상 수상, 생활문예대상 수상, 안정복 문학상 수상(제1회), 전라남도 문화상, 한국아동문예상, 광주문학상(제1회), 계몽사 아동문학상 수상, 하운 문학상 수상(제1회), 지구사랑 문학상 수상, 한화생명 문학상 수상, 시집으로 〈당신〉, 〈나는 매일 밤 바람과 함께 사라진다〉 등 24권, 문학 이론서로 〈현대시 창작법〉 등 16권, 아동 문학서로 〈살아 있는 그림〉 등 10권, 교양서 〈세계를 빛낸 사람들〉 시리즈 등 57권, 번역서로 〈소설의 이론〉 등 6권, 소설집으로 〈금지된 선택〉 등 7권, 건강서 〈비타민과 미네랄, 그리고 떠오르는 영양소〉 등 5권, 총 저서 128권 발간했다.

해학, 위트, 유머, 재치가 넘치는 지도 교수 박덕은 시인의 삶은 열정과 신념으로 가다듬은 128권의 저서에서 다채로운 향기를 풍기고 있다. 그리고 그 향기에 취한 '시를 사랑하는 사람들'과 함께 늘 시심을 가다듬기에 여념이 없다. 시를 쓰며 문학을 사랑하며 자신이 택한 길을 올곧게 달려가고 있는 그는 현재 서울을 비롯하여 광주, 나주, 순창, 정읍, 곡성뿐만 아니라 미국, 베트남, 일본, 앙골라, 두바이, 캐나다 등까지 시향을 펼치기 위해 오늘도 정성과 최선을 다하고 있다. 아프리카tv "낭만대통령의 문학토크"(1,600회 돌파)를 통하여 460여 명의 작가 배출, 850여 개의 전국구 문학상 수상 등의 알찬 열매도 거두고 있다.

행운목

아버지는
일년 계약직 접시 물에서
일한다

얄팍한 물빛에
악착같이 뿌리내려 보지만
새소리 하나 깃들지 못한다

토막 토막 잘려나가
초록 영업 실적의
성실한 잎을 내면
잘릴 때가 다가온다

정 붙일 만하면
쫓겨나는 것이 인생이고
잘려야 다음 접시로 넘어가
일할 수 있다

그나마 살아 있어
취업하는 것이
행운이다

칠 년을 기다리면 핀다는
내 집 마련 같은 꽃
그 약속을 실행하기* 위해
모두가 퇴근한 사무실에서
혼자 야근한다.

---

* 약속을 실행한다 : 행운목 꽃말

〈박덕은 프로필〉

☎010-4606-5673

* 전남 화순 출생
* 전북대학교 문학박사
* 전)전남대학교 교수
* 전)전남대학교 국어국문학과장
* 현)한실문예창작 지도 교수
* 시인
* 소설가
* 문학평론가
* 희곡작가
* 동화작가
* 수필가
* 시조시인
* 동시인
* 사진 작가
* 사진작품 전시회 1회
* 화가
* 박덕은 서양화 개인전 3회
* 박덕은 서양화 초대전 3회
* 박덕은 서양화 단체전 50회
* 서울 인사동 인사아트프라자 갤러리 개인전
* 남촌미술관 박덕은 서양화 초대전
* 정읍시 박덕은 교수 서양화 초대전
* 광주 패밀리스포츠파크 갤러리 박덕은 서양화 초대전
* 한국노동문화예술협회 초대작가
* 대한민국유명작가전 초대작가
* 대한민국문화예술인총연합회 추천작가
* 제9회 한국창작문화예술대전 대상 수상
* 제46회 충청북도 미술대전 서양화 수상
* 대한민국 한석봉 미술대전 금상 수상
* 대한민국 한석봉 미술대전 은상 수상
* 대한민국 한석봉 미술대전 금상 수상
* 대한민국 한석봉 미술대전 은상 수상
* 제17회 평화미술대전 서양화 입선(1) 수상
* 제17회 평화미술대전 서양화 입선(2) 수상
* 제53회 전라북도 미술대전 서양화 특선 수상
* 제14회 대한민국낙동예술대전 서양화 특선 수상
* 제14회 대한민국낙동예술대전 서양화 입선 수상
* 제9회 한국창작문화예술대전 서양화 특선 수상
* 제주국제미술관 유채꽃 미술대전 대상 수상
* 대한민국 나비미술대전 한국예총상 수상
* 제12회 3□15 미술대전 서양화 입선 수상
* 대한민국 생활미술대전 서양화 특별상 수상
* 대한민국 생활미술대전 서양화 입선 수상

* 제10회 국제기로 미술대전 서양화 금상 수상
* 제6회 무궁화서화대전 서양화 금상 수상
* 제6회 무궁화서화대전 서양화 특선(1) 수상
* 제6회 무궁화서화대전 서양화 특선(2) 수상
* 제19회 대한민국 회화대상전 서양화 특별상 수상
* 제19회 대한민국회화대상전 서양화 특선 수상
* 제41회 국제현대미술대전 서양화 동상 수상
* 제41회 국제현대미술대전 서양화 입선(1) 수상
* 제41회 국제현대미술대전 서양화 입선(2) 수상
* 제41회 국제현대미술대전 서양화 입선(3) 수상
* 제41회 국제현대미술대전 서양화 입선(4) 수상
* 제13회 국제친환경현대미술대전 서양화 특선 수상
* 제13회 국제친환경현대미술대전 서양화 입선 수상
* 제38회 대한민국신미술대전 서양화 특선 수상
* 제56회 인천 미술대전 서양화 입선 수상
* 음성 명작페스티벌 회화 동상 수상
* 제1회 청송야송 미술대전 서양화 특선 수상
* 제16회 온고을 미술대전 서양화 특선 수상
* 제5회 무궁화 서화대전 서양화 금상 수상
* 제41회 현대 미술대전 비구상 입선 수상
* 제41회 현대 미술대전 사진 특선 수상
* 제1회 청송야송 미술대전 서양화 특선 수상
* 제13회 힐링 미술대전 서양화 입선 수상
* 제52회 전라북도 미술대전 서양화 특선 수상
* 제6회 모던아트 대상전 서양화 특선 수상
* 제5회 무궁화 서화대전 서양화 동상 수상
* 제5회 무궁화 서화대전 서양화 특선 수상
* 제8회 아트챌린저 서양화 특선(1) 수상
* 제8회 아트챌린저 서양화 특선(2) 수상
* 제30회 어동 미술대전 서양화 입선 수상
* 제48회 강원 미술대전 서양화 특선 수상
* 제48회 강원 미술대전 서양화 입선 수상
* 제36회 무등 미술대전 서양화 입선 수상
* 제24회 관악 현대미술대전 서양화 입선 수상
* 예끼마을 미술대전 서양화 입선 수상
* 제1회 천성 문화예술대전 서양화 특선 수상
* 제1회 천성 문화예술대전 서양화 입선 수상
* 미술작가상 수상
* 한국시연구회 이사
* 한국아동문학 동화분과위원장
* 녹색문단 이사
* 새한일보 논설위원
* 문학사랑신문 고문
* 한국노벨재단 이사
* 공로훈장 수상

* [뉴스투데이](2010년 5월호) 커버스토리
* [위대한 대한민국인](2020년 10월호) 커버스토리
* 부드런 문학회 지도 교수
* 향그런 문학회 지도 교수
* 푸르른 문학회 지도 교수
* 탐스런 문학회 지도 교수
* 싱그런 문학회 지도 교수
* 둥그런 문학회 지도 교수
* 온스런 문학회 지도 교수
* 떠오른 문학회 지도 교수
* 포시런 문학회 지도 교수
* 꽃스런 문학회 지도 교수
* 꿈스런 문학회 지도 교수
* 예스런 문학회 지도 교수
* 참다운 문학회 지도 교수
* 씨밀레 문학회 지도 교수
* 바로 문학회 지도 교수
* 전국 박덕은 백일장 개최
* [중앙일보] 신춘문예 문학평론 당선
* [전남일보](現광주일보) 신춘문예 동화 당선
* [새한일보] 신춘문예 시 당선
* [동양문학] 신춘문예 시 당선
* [김해일보] 시민문예 남명문학상 시 당선(제1회)
* [창조문학신문] 신춘문예 성시 당선
* [사이버 중랑] 신춘문예 시 당선
* [경북일보] 호미 문학상 수필 당선
* [시문학] 시 추천 완료
* [문학공간] 소설 추천신인상 수상
* [문학세계] 희곡 신인문학상 수상
* [아동문예] 소년소설 신인문학상
* [문예사조] 수필 신인문학상 수상
* [시와 시인] 시조 청학신인상 수상
* [아동문학평론] 동시 신인문학상
* [아동문학] 동시 신인문학상 수상
* [문학공간] 본상(장편소설) 수상
* 위대한 대한민국 국민대상(문학발전부문) 수상
* 항공 문학상 우수상(시) 수상
* 여수해양 문학상(시) 수상
* 문학세계 문학상 대상(동화) 수상
* 타고르 문학상 작품상(시) 수상
* 타고르 문학상 대상(문학평론) 수상
* 윤동주 문학상 대상(문학평론) 수상
* 윤동주 문학상 우수상(시) 수상
* 모산 문학상 대상(시) 수상
* 대한시협 문학상 대상(수필) 수상

* 문학사랑 문학상 대상(시) 수상
* 한하운 문학상(시) 수상(제1회)
* 계몽사 아동문학상(동시) 수상
* 사하 모래톱 문학상(수필) 수상
* 한국 문예 문학상(시) 수상(제1회)
* 한국 아동 문화상(동시) 수상
* 한국 아동 문예상(동화) 수상
* 오은 문학상 특별 문학 대상(시) 수상
* 큰여수신문 문학상 특별 대상(시) 수상
* 아동문예작가상(동시) 수상
* 광주 문학상 수상(제1회)
* 전라남도 문화상 수상
* 노계 문학상 이사장상(시) 수상
* 생활문예대상(수필) 수상
* 한양 도성 문학상(시) 수상
* 지구사랑 문학상(시) 수상
* 한화생명 문학상(시) 수상
* 경기 수필 문학상(수필) 수상
* 우리숲 이야기 문학상(수필) 수상
* 부산진 시장 문학상(시) 수상
* 이준 열사 문학상(시) 수상
* 안정복 문학상 은상(시) 수상(제1회)
* 커피 문학상 금상(시) 수상
* 독도 문학상(시) 수상
* 한민족문예제전 최우수상(시) 수상
* 공주 시립도서관 문학상(시) 수상
* 아리 문학상(수필) 수상
* 인문학 문학상(수필) 수상
* E마트 문학상(수필) 수상
* 샘터 시조 문학상(시조) 수상
* 이야기 문학상(수필) 수상
* 부산문화글판 공모전 수상
* 정읍 문학상(시) 수상
* 효 문화 콘텐츠 문학상 우수상(시) 수상
* 삼행시 문학상 은상(시) 수상(제1회)
* 샘터 수필 문학상(수필) 수상
* 이병주 하동 국제 디카시 문학상 수상(제1회)
* 경남 고성 디카시 문학상 수상(제1회)
* 서울 디카시 문학상 수상(제1회)
* 현대시문학상 디카시 문학상 수상(제1회)
* 사육신 문학상(시) 수상
* 삼보 문학상(시) 수상
* 황금펜 문학상(시) 수상
* 한미 문학상(시) 수상
* 황금찬 문학상(시) 수상

* 유관순 문학상(시) 수상
* 시조 문학상(시조) 수상
* 한강 문학상(시) 수상
* 시인이 되다 빛창 문학상(시) 수상
* 제헌절 삼행시 대상(삼행시) 수상
* 국민행복우울 문학상 금상(삼행시) 수상
* 전국 기록사랑 백일장 금상(시) 수상
* 전국 상록수 백일장 장원(시) 수상
* 전국 김영랑 백일장 대상(시) 수상
* 전국 밀양아리랑 백일장 장원(시) 수상
* 전국 김소월 백일장 준장원(시) 수상
* 전국 박용철 백일장 특선(시) 수상
* 전국 박용철 백일장 특선(수필) 수상
* 전국 영산강 백일장 우수상(시) 수상
* 전국 서래섬배 (시) 수상
* 전국 평택사랑 백일장(시) 수상
* 전국 만해 한용운 백일장(시) 수상
* 전국 이효석 백일장(수필) 수상
* 전국 한강 백일장 장원(시) 수상
* 전국 미당 서정주 백일장(시) 수상
* 글나라 백일장 우수상(수필) 수상

* 문학이론서 [현대시창작법] 등 16권, 시집 [당신] 등 24권, 소설집 [황진이의 고독] 등 7권, 아동문학서 [살아 있는 그림] 등 10권, 번역서, 건강서 [미네랄과 비타민] 등 5권, 총 저서 128권 발간

★박덕은의 저서 발간 현황★

〈박덕은 문학 이론서 발간 현황〉
제1문학이론서 〈현대시창작법〉
제2문학이론서 〈현대 소설의 이론〉
제3문학이론서 〈문학연구방법론〉
제4문학이론서 〈소설의 이론〉
제5문학이론서 〈현대문학비평의 이론과 응용〉
제6문학이론서 〈문체론〉
제7문학이론서 〈문체의 이론과 한국현대소설〉
제8문학이론서 〈한국현대소설의 이론과 적용〉
제9문학이론서 〈시의 이론과 창작〉
제10문학이론서 〈해금작가작품론〉
제11문학이론서 〈디코럼 언어영역〉
제12문학이론서 〈논술 고사 정복〉
제13문학이론서 〈심층면접 구술 고사 정복〉
제14문학이론서 〈둥글파 언어영역〉
제15문학이론서 〈논술교실〉

제16문학이론서 〈꿈샘 논술〉제17문학이론서 〈시인 신석정 연구〉

〈 박덕은 시집 발간 현황〉
제1시집 〈바람은 시간을 털어낸다〉
제2시집 〈거시기〉
제3시집 〈무지개 학교〉
제4시집 〈케노시스〉
제5시집 〈길트기〉
제6시집 〈간힘의 비밀〉
제7시집 〈소낙비 오는 정오에〉
제8시집 〈자유人.사랑人〉
제9시집 〈나찾기〉
제10시집 〈지푸라기〉
제11시집 〈동심이 흐르는 강〉
제12시집 〈자그만 숲의 사랑 이야기〉
제13시집 〈사랑한다는 것은〉
제14시집 〈느낌표가 머무는 공간〉
제15시집 〈그대에게 소중한 사랑이 되어.1〉
제16시집 〈그대에게 소중한 사랑이 되어.2〉
제17시집 〈둥지 높은 그리움〉
제18시집 〈곶감 말리기〉
제19시집 〈사랑의 블랙홀〉
제20시집 〈나는 그대에게 늘 설레임이고 싶다〉
제21시집 〈내 가슴이 사고 쳤나 봐〉
제22시집 〈당신〉
제23시집 〈나는 매일 밤 바람과 함께 사라진다〉
제24시집 〈Happy Imagery〉

〈 박덕은 수필집 발간 현황〉
제1수필집 〈창문을 읽다〉

〈 박덕은 소설집 발간 현황〉
제1소설집 〈죽음의 키스〉
제2소설집 〈양귀비의 고백〉(풍류여인열전.1)
제3소설집 〈황진이의 고독〉(풍류여인열전.2)
제4소설집 〈일타홍의 계절〉(풍류여인열전.3)
제5소설집 〈이매창의 사랑일기〉(풍류여인열전.4)
제6소설집 〈서울아라비안나이트〉
제7소설집 〈금지된 선택〉

〈 박덕은 번역서 발간 현황〉
제1번역서 〈소설의 이론〉
제2번역서 〈철학의 향기〉
제3번역서 〈사랑하는 사람 가슴에 싶어주고픈 말〉

제4번역서 〈철학자의 터진 옷소매〉
제5번역서 〈세계 반란사〉
제6번역서 〈한국 반란사〉

〈 박덕은 아동문학서 발간 현황〉
제1아동문학서 〈살아있는 그림〉
제2아동문학서 〈3001년〉
제3아동문학서 〈무지개학교〉
제4아동문학서 〈동심이 흐르는 강〉
제5아동문학서 〈곶감 말리기〉
제6아동문학서 〈서울 걸리버 여행기〉
제7아동문학서 〈돼지의 일기〉
제8아동문학서 〈해외 신화〉
제9아동문학서 〈마녀 헤르소의 모험〉(1권)
제10아동문학서 〈마녀 헤르소의 모험〉(2권)

〈 박덕은 교양서 발간 현황〉
제1교양서 〈해학의 강〉
제2교양서 〈바보 성자〉
제3교양서 〈미네르바의 부엉이는 황혼녘에 날은다〉
제4교양서 〈멋진 여자, 멋진 남자〉
제5교양서 〈우화 천국〉
제6교양서 〈나만 불행한 게 아니로군요〉
제7교양서 〈나만 행복한 게 아니로군요〉
제8교양서 〈나만 어리석은 게 아니로군요〉
제9교양서 〈행복한 바보 성자〉
제10교양서 〈느낌이 있는 꽃〉
제11교양서 〈흔들림이 있는 나무〉
제12교양서 〈사랑하는 사람 가슴에 심어주고픈 말〉
제13교양서 〈철학의 향기〉
제14교양서 〈철학가의 터진 옷소매〉
제15교양서 〈창녀에서 수녀까지, 건달에서 황제까지〉
제16교양서 〈무희에서 스타까지, 게이에서 성자까지〉
제17교양서 〈사랑의 향기〉
제18교양서 〈황제 방중술〉
제19교양서 〈우리 역사의 난〉
제20교양서 〈명작 속 명작〉
제21교양서 〈쉽고 재미있는 철학 이야기〉(1)
제22교양서 〈쉽고 재미있는 철학 이야기〉(2)
제23교양서 〈쉽고 재미있는 철학 이야기〉(3)
제24교양서 〈역사 속 역사〉
제25교양서 〈세계 반란사〉
제26교양서 〈한국 반란사〉
제27교양서 〈행복을 위한 작은 책〉
제28교양서 〈세계 명사들의 러브 스토리〉

제29교양서 〈나의 가장 소중한 사람에게〉
제30교양서 〈세계를 빛낸 과학자〉
제31교양서 〈세계를 빛낸 정치가〉
제32교양서 〈세계를 빛낸 명장〉
제33교양서 〈세계를 빛낸 탐험가〉
제34교양서 〈세계를 빛낸 미술가〉
제35교양서 〈세계를 빛낸 음악가〉
제36교양서 〈세계를 빛낸 문학가〉
제37교양서 〈세계를 빛낸 철학가〉
제38교양서 〈세계를 빛낸 사상가〉
제39교양서 〈세계를 빛낸 공연가〉
제40교양서 〈해외 신화〉
제41교양서 〈읽으면 행복한 책〉
제42교양서 〈세기의 로맨스.1〉
제43교양서 〈세기의 로맨스.2〉
제44교양서 〈세기의 로맨스.3〉
제45교양서 〈세기의 로맨스.4〉
제46교양서 〈우리 명작 50선〉
제47교양서 〈세계 명작 50선〉
제48교양서 〈이솝 우화〉(공저)
제49교양서 〈나는 화려한 물음표보다 정직한 느낌표를
만드는 사람이 더 좋다〉
제50교양서 〈신은 우리의 키스 속에도 있다〉
제51교양서 〈대학가의 해학퀴즈 모음집〉
제52교양서 〈뽕따일보〉
제53교양서 〈도토리 서 말〉
제54교양서 〈위트〉
제55교양서 〈청춘이여 생각하라〉
제56교양서 〈성공 DNA〉 제1권
제57교양서 〈성공 DNA〉 제2권

〈박덕은 건강서 발간 현황〉
제1건강서 〈내 몸에 꼭 맞는 영양 가이드〉
제2건강서 〈비타민과 미네랄, 그리고 떠오르는 영양소〉
제3건강서 〈내 몸에 꼭 맞는 다이어트-제1권 비만 원인〉
제4건강서 〈내 몸에 꼭 맞는 다이어트-제2권 비만 탈출〉
제5건강서 〈내 몸에 꼭 맞는 항암 식품〉

이상 총 저서 128권 발간

한실문예창작 문우들의 빛나는 열매들

지도 교수 박덕은 박사의 제자들 신인문학상 수상 현황

☆ 시 부문 신인문학상 수상자 ☆

정윤남 시인(둥그런 문학회)
김현태 시인(향그런 문학회)
김용주 시인(탐스런 문학회)
윤성택 시인(부드런 문학회)
최세환 시인(탐스런 문학회)
정주이 시인(향그런 문학회)
이은정 시인(부드런 문학회)
노연희 시인(꽃스런 문학회)
임영희 시인(향그런 문학회)
정달성 시인(향그런 문학회)
이삼순 시인(향그런 문학회)
황혜란 시인(탐스런 문학회)
설미애 시인(포시런 문학회)
이수진 시인(포시런 문학회)
이영희 시인(꽃스런 문학회)
최선화 시인(꽃스런 문학회)
김이향 시인(탐스런 문학회)
유양업 시인(탐스런 문학회)
최길숙 시인(포시런 문학회)
이미자 시인(포시런 문학회)
박세연 시인(향그런 문학회)
김송월 시인(탐스런 문학회)
김관훈 시인(포시런 문학회)
전춘순 시인(포시런 문학회)
배종숙 시인(성스런 문학회)
김부배 시인(포시런 문학회)
윤희정 시인(향그런 문학회)
한승희 시인(둥그런 문학회)
정경옥 시인(둥그런 문학회)
황조한 시인(둥그런 문학회)
정봉애 시인(싱그런 문학회)
전지현 시인(싱그런 문학회)
전숙경 시인(포시런 문학회)
정회만 시인(부드런 문학회)
조정일 시인(둥그런 문학회)
박향미 시인(부드런 문학회)
정점례 시인(부드런 문학회)
박계수 시인(부드런 문학회)
황애라 시인(부드런 문학회)
위향환 시인(둥그런 문학회)
차은자 시인(향그런 문학회)
이후남 시인(포시런 문학회)
정순애 시인(싱그런 문학회)

최기숙 시인(부드런 문학회)
전금회 시인(포시런 문학회)
이숙재 시인(포시런 문학회)
임병민 시인(부드런 문학회)
강현옥 시인(포시런 문학회)
백인옥 시인(포시런 문학회)
손수영 시인(부드런 문학회)
이현숙 시인(부드런 문학회)
김태환 시인(포시런 문학회)
서정화 시인(싱그런 문학회)
송인영 시인(부드런 문학회)
문혜숙 시인(둥그런 문학회)
문재규 시인(포시런 문학회)
신점식 시인(포시런 문학회)
주경숙 시인(포시런 문학회)
주경희 시인(포시런 문학회)
이두원 시인(둥그런 문학회)
고경희 시인(둥그런 문학회)
이연정 시인(둥그런 문학회)
최태봉 시인(싱그런 문학회)
문인자 시인(싱그런 문학회)
김미경 시인(둥그런 문학회)
김숙희 시인(부드런 문학회)
임종준 시인(해돋이 문학회)
윤상현 시인(해돋이 문학회)
권자현 시인(해돋이 문학회)
정연숙 시인(둥그런 문학회)
형광석 시인(둥그런 문학회)
김현정 시인(둥그런 문학회)
문영미 시인(싱그런 문학회)
이숙희 시인(싱그런 문학회)
허소영 시인(해돋이 문학회)
백옥순 시인(향그런 문학회)
이서영 시인(싱그런 문학회)
이호준 시인(향그런 문학회)
박흥순 시인(둥그런 문학회)
박은영 시인(향그런 문학회)
소귀옥 시인(싱그런 문학회)
박봉은 시인(포시런 문학회)
김은주 시인(둥그런 문학회)
장헌권 시인(해돋이 문학회)
김용숙 시인(부드런 문학회)
임순이 시인(싱그런 문학회)

김영옥 시인(해돋이 문학회)
김영순 시인(둥그런 문학회)
김혜숙 시인(둥그런 문학회)
김순정 시인(향그런 문학회)
고명순 시인(둥그런 문학회)
김옥희 시인(둥그런 문학회)
강정숙 시인(부드런 문학회)

☆ 시조 부문 신인문학상 수상자 ☆

김현태 시조 시인(향그런 문학회)
이수진 시조 시인(포시런 문학회)
노연희 시조 시인(꽃스런 문학회)
유양업 시조 시인(탐스런 문학회)
황귀옥 시조 시인(온스런 문학회)
김영순 시조 시인(탐스런 문학회)
배종숙 시조 시인(포시런 문학회)
강순옥 시조 시인(포시런 문학회)
김부배 시조 시인(포시런 문학회)
이인환 시조 시인(포시런 문학회)

☆ 수필 부문 신인문학상 수상자 ☆

김부배 수필가(포시런 문학회)
김태현 수필가(탐스런 문학회)
최세환 수필가(탐스런 문학회)
유양업 수필가(탐스런 문학회)
임희정 수필가(탐스런 문학회)
김미경 수필가(탐스런 문학회)

☆ 동화 부문 신인문학상 수상자 ☆

최비건 동화작가(꽃스런 문학회)

☆ 박덕은 제24시집 [Happy Imagery](도서출판 노벨 타임즈, 2021)
☆ 박덕은 수필집 [창문을 읽다](도서출판 서영, 2021)
☆ 이명순 제1시집 [또 하나의 나](도서출판 서영, 2021)
☆ 서정필 제1시집 [향기 나는 꽃](도서출판 서영, 2021)
☆ 이수진 제3시집 [바람의 약속](도서출판 다온애드, 2020)
☆ 황귀옥 제1시조집 [초록의 기억](도서출판 한강, 2020)
☆ 이양자 제1시집 [지금 여기에](도서출판 서영, 2020)
☆ 이수진 제1시조집 [어머니의 비녀](도서출판 글벗, 2020)
☆ 양은정 제1동시집 [햇빛 세탁소](도서출판 청개구리, 2020)
☆ 한실문예창작 동인지 제15집 [시의 집을 짓다](도서출판 서석, 2020)
☆ 정주이 제2시집 [그대 내 곁에 있어](도서출판 한강, 2020)
☆ 황길신 작품집 [초원의 말발굽 소리](도서출판 고글, 2020)
☆ 유양업 수필집 [행복한 여정](도서출판 서영, 2020)
☆ 김흥순 작품집 [황혼의 연정](도서출판 동산문학사, 2020)
☆ 전예라 제1시집 [나에게로 가는 길](도서출판 서영, 2019)
☆ 한실문예창작 동인지 제14집 [사랑하기까지](도서출판 서영, 2019)
☆ 유양업 시조화집 지금도 기다릴까(도서출판 서영, 2019)
☆ 김부배 제4시조집 이 환장할 그리움(도서출판 서영, 2019)
☆ 정봉애 제1시집 잊지 못하리(도서출판 열린창. 2018)
☆ 한실문예창작 동인지 제13집 여백의 미학(도서출판 서영, 2018)
☆ 조정일 제1시집 몰래 한 사랑(도서출판 서영, 2018)
☆ 황애라 제1시집 눈이 집 짓는 연못(도서출판 한림, 2018)
☆ 정주이 제1시집 그때는 몰랐어요(도서출판 서영, 2018)
☆ 박봉은 제7시집 사랑은 감기몸살처럼(도서출판 서영, 2018)
☆ 이수진 제2시집 사찰이 시를 읊다(도서출판 서영, 2017)
☆ 한실문예창작 동인지 제12집 그대는 나의 누구인가(도서출판 서영, 2017)
☆ 김부배 제3시집 그리움의 언덕에 서다(도서출판 서영, 2017)
☆ 신명희 제1시집 백지 퍼즐(도서출판 디자인화이트, 2016)
☆ 최세환 수필집 그곳 봄은 맛있었다(도서출판 서영, 2016)
☆ 장헌권 제2시집 아직 끝나지 않은 이야기(도서출판 서영, 2016)
☆ 유양업 수필집 바람 따라 구름 따라 별빛 따라(도서출판 서영, 2016)
☆ 한실문예창작 동인지 제11집 마냥 좋아서(도서출판 서영, 2016)
☆ 이수진 제1시집 그리움이라서(도서출판 서영, 2016)
☆ 배종숙 제1시집 그리움 헤아리다(도서출판 서영, 2016)
☆ 최길숙 제1시집 사랑은 시가 되어(도서출판 서영, 2016)
☆ 김부배 제2시집 사랑의 콩깍지(도서출판 서영, 2016)
☆ 이인환 제1시집 그리움 머문 자리(도서출판 서영, 2016)
☆ 이후남 제2시집 한 잔 술에 가둘 수 없어(도서출판 서영, 2016)
☆ 전금희 제2시집 그 누가 다녀간 것일까(도서출판 서영, 2015)
☆ 박봉은 제6시집 당신에게·둘(도서출판 서영, 2015)
☆ 고영숙 시·산문집 한가한 날의 독백(도서출판 시와사람, 2015)
☆ 한실문예창작 동인지 제10집 처음 사랑(도서출판 서영, 2015)
☆ 유양업 제1시집 오늘도 걷는다(도서출판 서영, 2015)
☆ 전춘순 제1시집 내 사람 될 때까지(도서출판 서영, 2015)
☆ 김부배 제1시집 첫사랑(도서출판 서영, 2015)
☆ 한실문예예창작 동인지 제9집 보고픔이 자라고 자라서(도서출판 서영, 2014)
☆ 박봉은 제5시집 유리인형(도서출판 서영, 2014)
☆ 김영순 제2시집 풀꽃향 당신(도서출판 서영, 2013)
☆ 최기숙 제1시집 마냥 좋기만 한 그대(도서출판 서영, 2013)
☆ 한실문예창작 동인지 제8집 꽃만 봐도 서러운 그날(도서출판 서영, 2013)
☆ 박봉은 제4시집 비밀 일기(도서출판 서영, 2013)
☆ 최승벽 제1시집 할 말은 가득해도(도서출판 서영, 2013)

☆ 이호준 제1시집 단 한 번 사랑으로도(도서출판 서영, 2013)
☆ 문재규 제1시집 바람이 열어 놓은 꽃잎(도서출판 서영, 2013)
☆ 이후남 제1시집 쓸쓸함에 대하여(도서출판 서영, 2012)
☆ 전금희 제1시집 가을은 어디나 빈자리가 없다(도서출판 서영, 2012)
☆ 주경희 제1시집 작아지고 싶다(도서출판 서영, 2012)
☆ 신점식 제1시집 이 환장할 봄날에(도서출판 서영, 2012)
☆ 박봉은 제3시집 당신에게/하나(도서출판 서영, 2012)
☆ 한실문예창작 동인지 제7집 아직도 사랑인가 봐(도서출판 서영, 2012)
☆ 김미경 동시집 유모차 탄 강아지(도서출판 서영, 2012)
☆ 박완규 제1시집 사랑의 빈자리 될까 봐(도서출판 서영, 2011)
☆ 김순정 제1시집 세월이 품은 그리움(도서출판 서영, 2011)
☆ 김숙희 제1시집 또 한 번 스무 살이 되고 싶은 밤(도서출판 서영, 2011)
☆ 강만순 제1시집 화장을 지우며(도서출판 서영, 2011)
☆ 장헌권 제1시집 시가 영화를 만나다(도서출판 쿰란출판사, 2011)
☆ 박봉은 제2시집 아시나요(도서출판 좋은땅, 2010)
☆ 정연숙 제1시집 늘 곁에 있는 다른 나처럼(도서출판 좋은땅, 2010)
☆ 형광석 제1시집 입술이 탄다(도서출판 한출판, 2010)
☆ 박봉은 제1시집 당신만 행복하다면(도서출판 좋은땅, 2010)
☆ 신순복 제2시집 내가 머무는 곳(도서출판 현대문예, 2010)
☆ 김성순 제1시집 하얀 속울음까지 들켜 버렸잖아(도서출판 한출판, 2009)
☆ 김영순 제1시집 고목나무에 꽃이 핀 사연(도서출판 심미안, 2009)
☆ 김태환 소설집 바람벽(도서출판 서영, 2011)
☆ 고희남 수필집 바람난 비둘기(도서출판 꿈샘, 2006)
☆ 김현주 동시집 마법 같은 하루(도서출판 꿈샘, 2006)
☆ 김보미 동시집 4교시가 끝났다(도서출판 꿈샘, 2006)

한실 문예창작 문우들의 작품집

오늘의 詩選集 Series

오늘의 詩選集 제1권

화장을 지우며
강만순 지음 / 144면

오늘의 詩選集 제2권

또 한 번 스무 살이 되고 싶은 밤
김숙희 지음 / 160면

오늘의 詩選集 제3권

사랑의 빈자리 될까 봐
박완규 지음 / 144면

오늘의 詩選集 제4권

유모차 탄 강아지
김미경 지음 / 112면

오늘의 詩選集 제5권

이 환장할 봄날에
신점식 지음 / 176면

오늘의 詩選集 제6권

작아지고 싶다
주경희 지음 / 176면

오늘의 詩選集 제7권

가을은 어디나 빈자리가 없다
전금희 지음 / 176면

오늘의 詩選集 제8권

쓸쓸함에 대하여
이후남 지음 / 176면

오늘의 詩選集 제9권

바람이 열어 놓은 꽃잎
문재규 지음 / 220면

오늘의 詩選集 제10권

단 한 번 사랑으로도
이호근 지음 / 176면

오늘의 詩選集 제11권

할 말은 가득해도
최승벽 지음 / 176면

오늘의 詩選集 제12권

비밀 일기
박봉은 지음 / 176면

오늘의 詩選集 제13권

꽃만 봐도 서러운 그날
한실 문예창작 동인지 제8집

오늘의 詩選集 제14권

마냥 좋기만 한 그대
최기숙 지음 / 176면

오늘의 詩選集 제15권

풀꽃향 당신
김영순 지음 / 176면

오늘의 詩選集 제16권

유리인형
박봉은 지음 / 176면

오늘의 詩選集 제17권

보고픔이 자라고 자라서
한실 문예창작 동인지 제9집

오늘의 詩選集 제18권

첫사랑
김부배 지음 / 176면

오늘의 詩選集 제19권

나는 매일 밤 바람과 함께 사라진다
박덕은 지음 / 240면

오늘의 詩選集 제20권

오늘도 걷는다
유양업 지음 / 176면

오늘의 詩選集 제21권

내 사람 될 때까지
전춘순 지음 / 176면

오늘의 詩選集 제22권

처음 사랑
한실 문예창작 동인지 제10집

오늘의 詩選集 제23권

당신에게·둘
박봉은 지음 / 176면

오늘의 詩選集 제24권

그 누가 다녀간 것일까
전금희 지음 / 206면

오늘의 詩選集 제25권

한 잔 술에 가둘 수 없어
이후남 지음 / 164면

오늘의 詩選集 제26권

그리움 머문 자리
이인환 지음 / 176면

오늘의 詩選集 제27권

사랑의 콩깍지
김부배 지음 / 176면

오늘의 詩選集 제28권

사랑은 시가 되어
최길숙 지음 / 176면

오늘의 詩選集 제29권

그리움이라서
이수진 지음 / 176면

오늘의 詩選集 제30권

그리움 헤아리다
배종숙 지음 / 176면

오늘의 詩選集 제31권

아직 끝나지 않은 이야기
장헌권 지음 / 176면

오늘의 詩選集 제32권

마냥 좋아서
한실 문예창작 동인지 제11집

오늘의 詩選集 제33권

그리움의 언덕에 서다
김부배 지음 / 176면

오늘의 詩選集 제34권

사찰이 시를 읊다
이수진 지음 / 176면

오늘의 詩選集 제35권

그대는 나의 누구인가
한실 문예창작 동인지 제12집

오늘의 詩選集 제36권

사랑은 감기몸살처럼
박봉은 지음 / 176면

오늘의 詩選集 제37권

그때는 몰랐어요
정주이 지음 / 176면

오늘의 詩選集 제38권

몰래 한 사랑
조정일 지음 / 192면

오늘의 詩選集 제39권

여백의 미학
한실 문예창작 동인지 제13집

오늘의 詩選集 제40권

이 환장할 그리움
김부배 지음 / 164면

오늘의 詩選集 제41권

지금도 기다릴까
유양업 지음 / 166면

오늘의 詩選集 제42권

사랑하기까지
한실 문예창작 동인지 제14집

오늘의 詩選集 제43권

나에게로 가는 길
전예라 지음 / 176면

오늘의 詩選集 제44권

지금 여기에
이양자 지음 / 184면

오늘의 詩選集 제45권

또 하나의 나
이명순 지음 / 176면

오늘의 詩選集 제46권

향기 나는 꽃
서정필 지음 / 176면

오늘의 詩選集 제47권

그리움의 향기
한실 문예창작 동인지 제16집

한실 문예창작 동인지

한실 문예창작 동인지 제1집
『한꿈』

한실 문예창작 동인지 제2집
『한꿈』

한실 문예창작 동인지 제3집
『당신의 쓸쓸함은 안녕하십니까』

한실 문예창작 동인지 제4집
『목련은 흔들리고 있다』

한실 문예창작 동인지 제5집
『그래도 한쪽 가슴은 행복합니다』

한실 문예창작 동인지 제6집
『좋은 걸 어떡해』

한실 문예창작 동인지 제7집
『아직도 사랑인가 봐』

한실 문예창작 동인지 제8집
『꽃만 봐도 서러운 그날』

한실 문예창작 동인지 제9집
『보고픔이 자라고 자라서』

한실 문예창작 동인지 제10집
『처음 사랑』

한실 문예창작 동인지 제11집
『마냥 좋아서』

한실 문예창작 동인지 제12집
『그대는 나의 누구인가』

한실 문예창작 동인지 제13집
『여백의 미학』

한실 문예창작 동인지 제14집
『사랑하기까지』

한실 문예창작 동인지 제15집
『시의 집을 짓다』

한실 문예창작 동인지 제16집
『그리움의 향기』

오늘의 수필집 Series

오늘의 수필집 제1권

그곳 봄은 맛있었다
최세환 지음 / 288면

오늘의 수필집 제2권

바람 따라 구름 따라 별빛 따라
유양업 지음 / 288면

오늘의 수필집 제3권

행복한 여정
유양업 지음 / 304면

오늘의 수필집 제4권

창문을 읽다
박덕은 지음 / 164면